Esclau Sumís i altres històries

Erika Sanders

Sèrie
Dominació i submissió eròtica

Sinopsi

Aquest llibre consta de les següents històries:

Esclau Sumís

El desig de Sandy

Apocalipsex Zombi

Esclau sumís és una novel·la de fort contingut eròtic BDSM i, alhora, una nova novel·la pertanyent a la col·lecció Dominació Eròtica, una sèrie de novel·les d'alt contingut BDSM romàntic i eròtic.

(Tots els personatges tenen 18 anys o més)

Nota sobre l'autora:

Erika Sanders és una coneguda escriptora a nivell internacional, traduïda a més de vint idiomes, que signa els seus escrits més eròtics, allunyats de la seva prosa habitual, amb el nom de soltera.

Índex

ESCLAU SUMÍS I ALTRES HISTÒRIES
ERIKA SANDERS

ESCLAU SUMÍS

CAPÍTOL I

On era diables ella?

Això pensava mentre estava assegut en una taula per a dos a la cafeteria d'un carrer principal als afores de la ciutat.

Ja m'havia pres dues tasses de cafè i havia passat més d'una hora del que havíem acordat ahir i maleïda sigui, necessitava anar a pixar.

Sense saber si quedar-me o anar-me'n o el que fos, finalment em vaig convèncer que m'havia deixat plantat i vaig decidir anar-me a alleujar.

Quina fotuda pèrdua de temps i això és només un altre cop per al meu ego... va passar massa propera a l'altra vegada, ho hauria d'haver sospitat, vaig pensar quan em vaig aixecar de la taula i em vaig dirigir al bany d'homes.

Ens havíem conegut a xat l'altra nit.

Havia creat una sala amb un tema sobre com buscar una Dominatrix a l'àrea adequada i, després d'unes hores, la Lucy va entrar i vam començar a parlar sobre el que ens agrada i el que no ens agrada de la situació i el tema.

Intercanviem imatges... res agosarat, només fotos de nosaltres amb vestiment normal al principi.

Ens va agradar el que vam veure i vam decidir reunir-nos a la cafeteria d'aquest matí d'hora el dissabte al matí... en realitat molt d'hora... a les 6:15 am.

Lucy, després em demana que li enviï una llista dels meus límits... una llista completa del que no faria i del que volia fer.

Ella també em va fer enviar-hi totes les meves mesures; tot, des de la longitud de la polla quan estava erecta fins a la mida de la meva sabata.

Després, més tard, em va demanar que li enviés fotos de la meva polla com normalment penjava i també amb una erecció completa.

Ho havia fet tot, però maleïda sigui havia acabat aquí al bany de la cafeteria.

Vaig sortir de la cafeteria i em vaig dirigir al meu cotxe, que era a la part posterior de l'aparcament on havia dit a Lucy que l'estacionaria i també li havia donat el meu número de matrícula alhora.

Quan vaig obrir la porta, la finestra del costat del passatger d'un SUV negre estacionat al meu costat va començar a baixar.

" Peter ets tu?" una veu femenina va dir suaument

Li vaig deixar anar que era jo.

"Ho sento, però m'havia d'assegurar que eres la persona que realment vas dir que eres".

Vaig mirar la conductora i el meu cor va començar a bategar a un ritme fantàstic.

Era Lucy i es veia bella... amb un abric de cuir i botes altes de cuir.

El seu abric de cuir estava descordat a la part inferior, cosa que revelava unes cuixes nues i una mica de cuir per sobre d'ells, però no estava segur de què era exactament el cuir, però complia el seu propòsit d'emocionar-me.

"On diables eres? T'he esperat més d'una hora". Vaig deixar anar mentre mirava les botes i vaig sentir que la meva polla començava a posar atenció a la situació.

"Ara Peter, acaba de dir el que sents. Si encara estàs interessat a reunir-te amb mi, em seguiràs a casa meva ara mateix. Quan estiguem allà, entraràs al garatge a l'espai al costat del meu cotxe. Entens això noi?"

Abans que pogués respondre, la finestra es va tancar i la SUV va sortir de l'estacionament i va començar a anar-se'n.

La meva erecció va morir al mateix lloc en un temps rècord.

Què he de fer, què he de fer?

Maledicció.

Vaig saltar al meu cotxe i vaig sortir corrents darrere d'ella esperant que no fos massa tard.

"On és ella?" Em vaig dir mentre m'acostava a la sortida... "Allà, va girar a la dreta; es dirigeix cap a l'oest".

Vaig intentar mantenir el ritme i mantenir-la a la vista sense excés de velocitat, ja que aquesta carretera era coneguda pels seus radars de velocitat.

La tenia a la vista quan de sobte va passar per una llum ambre que m'obligava a aturar-me i veure-la desaparèixer.

"Perra... ho va fer a propòsit", li vaig cridar a ningú.

Vaig esperar que la llum es tornés verda durant el que va semblar una eternitat, llavors vaig arrencar el més ràpid possible de forma permesa, creient que l'havia perdut.

"Aquí està ella, endavant". Em vaig cridar a mi mateix... ella deu haver quedat atrapada en el trànsit o potser s'havia aturat.

La vaig seguir just darrere després aquesta parada, i després, poques milles més tard, finalment va sortir a la dreta per una carretera lateral, coneguda per les seves costoses cases i excel·lents vistes, ja que eren lots al costat d'un llac.

Estàvem conduint a una velocitat molt menor.

Probablement no vulgui que els veïns notin res, vaig pensar.

Després va girar a la dreta per un camí que tenia una casa enorme al final i el primer que vaig pensar va ser que estava perduda... però va conduir fins al garatge i va obrir la porta abans que jo arribés.

Ella va deixar el cotxe a la banda esquerra i jo vaig conduir al seu costat al costat dret.

Tot just vaig entrar al garatge quan la porta va començar a tancar-se, vaig apagar el cotxe i vaig sortir.

Va obrir una porta de la casa principal i em va fer un gest perquè la seguís, cosa que vaig fer, però vacil·lant.

Em vaig netejar els peus sobre una estora, vaig entrar a la casa i vaig tancar la porta darrere meu.

Després em vaig tornar per mirar la Lucy.

"Saps que vius a cinc milles de mi..."

bufetada ... bufetada ... bufetada ... ella va colpejar les meves galtes amb força.

"Com t'atreveixes a parlar-me de la manera com ho vas fer? Mai més em qüestionaràs, un tros de merda inútil com tu! M'entens, Peter?"

Estava en xoc, no havent esperat això.

"Síiiii, suposo"

Em va agafar per la part davantera de la meva camisa... bufetada, bufetada... bufetada.

Ella em va colpejar de nou i aquesta vegada vaig tractar de protegir-me i vaig agafar el canell... només per un reflex, però em vaig adonar que era una ximpleria i ho vaig deixar anar ràpidament.

"Oh, merda, estic fotut", vaig pensar i vaig esperar que ella em digués que me n'anés.

"De genolls ARA Peter!" va dir en veu alta mentre agafava el meu cabell i m'obligava a baixar.

"T'has guanyat un petit càstig, esclau". Ella va dir.

Ella em va trucar esclau i vaig pensar que feia això feia 20 minuts.

Els meus genolls estaven junts, les meves mans estaven a cada costat, per estabilitzar-me i l'estava mirant.

Ella em va mirar i després em va donar una forta puntada de peu on se'm tocaven els genolls.

"Separa aquests genolls, gossa!"

Vaig fer el que em van ordenar.

Després va col·locar la punta del peu dret a la meva polla i la va pressionar amb força.

"No ho oblidis una altra vegada, Peter. A més, baixa la puta cap i mira a terra. Posa les teves mans a les cuixes, amb els palmells cap amunt, en la posició adequada per a un esclau.

"Has guanyat quinze fuetades d'esclau que rebràs quan comenci la nostra sessió. Cinc són per ser insolent quan em vas preguntar on diables estava. Cinc són per respondre incorrectament en no parlar-me amb respecte i no trucar-me Ama o Ama Lucy. Ho faràs. Sempre ho faràs quan no estiguis en públic, és a dir, en una interlocutòria o en una casa... ja sigui aquí o en una habitació privada . més enllà dels teus límits, ja que m'he de protegir, entens per què estàs sent castigat, Peter?

La vaig mirar a la cara tan bé com vaig poder i vaig dir:

"Sí, ho entenc".

Ella em va agafar amb força pels cabells i em va mirar als ulls.

"Això seran cinc flagells més per desobeir-me en mirar cap amunt i mostrar falta de respecte per no referir-te a mi com a Mestressa. M'entens, Peter?"

Baixant els ulls i el cap tan bé com vaig poder, encara que ella encara em subjectava pels cabells, vaig dir:

"Sí, Mestressa Lucy, ho entenc".

"Ahir vam discutir que et converties en el meu penitent i el meu esclau sexual, i que necessitaves entrenament. És això correcte Peter?"

"Sí, senyora, això és correcte".

"Vas declarar que els teus límits no eren adolescents o menors, ni sang, ni agulles, ni agulles, ni marques permanents. És això correcte, Peter?"

"Sí, senyora, això és correcte".

"Et vas netejar aquest matí amb el mètode ràpid d'ènema que vam discutir?"

"Sí, senyora Lucy, ho vaig fer exactament com em va dir".

"Segueixes interessat a convertir-te en el meu mal i el meu esclau o sexual Peter?"

"Sí, senyora, més que mai".

Després em va deixar anar els cabells mentre mirava cap a terra.

Sento que acabo de saltar a l'extrem profund de la piscina i no he après a nedar.

"Bé, vegem si pots ser entrenat. ¡Para't i buida totes les butxaques, treu-te el rellotge i els anells i posa-ho tot a la petita taula!" que ella va assenyalar. "Llavors treu-te les sabates i posa'ls a terra al costat de la taula".

Vaig fer tot el que em va dir tan ràpid com vaig poder i com que era la meva primera oportunitat, vaig mirar al voltant de la casa.

Estava al vestíbul principal, no lluny dels esglaons que conduïen al soterrani.

Vaig mirar la Dominatrix sense fer contacte visual i vaig veure que encara estava al seu abric de cuir i botes.

Déu, és bonica encara més que la foto que em va enviar.

Cabell ros curt i fosc amb serrells als ulls, no puc esperar a descobrir què la resta és com vaig pensar.

"Ara Peter, et trauràs tota la roba per a una inspecció; les mans darrere del cap, el cap avall i les cames ben separades. ARA, maleïda gossa, no demà!"

Em vaig despullar tan ràpid com vaig poder i em vaig parar nu per inspeccionar-me.

Mentre mirava cap avall, vaig observar com la meva polla començava a créixer en anticipació que els meus somnis es farien.

Déu, quant m'agradaria que em fes córrer ara, vaig pensar.

"Quan vaig dir que volia que les teves cames estiguessin ben separades, ho deia de debò. Ara, separa les cames. MÉS AMPLI! Tu, idiota, idiota. I pots oblidar-te de tenir un orgasme en qualsevol moment en el futur proper esclau. Jo seré l'únic per determinar quan en tinguis un".

"Ho sento, senyora... sí, senyora", vaig deixar anar i vaig mirar la meva polla dura.

Després em va treure la roba i lentament em va envoltar.

Primer ella va pessigar un mugró i després va pessigar el cap del meu penis, prement-lo amb força mentre gemegava entre dents estretes.

Ella es va posar a riure, ja que em va posar oa prova diverses vegades.

"Ara, esclau Peter, recolliràs tota la teva roba i baixaràs al soterrani. Obre la primera porta a la dreta, entra i tanca la porta. No encenguis cap llum... Allà, al centre de l'habitació, Trobareu una bossa d'esports amb instruccions a sobre. Vés directament a la bossa, llegeix les instruccions i segueix-les exactament. Tens 20 minuts per completar aquesta tasca i estaré observant cadascun dels seus moviments amb la càmera. Comprens Peter?

"Sí, senyora Lucy, entenc".

"Llavors vés-te'n, noi, ja has fet servir 20 segons".

Tan ràpid com vaig poder, vaig recollir la meva roba, vaig córrer escales avall, vaig obrir la primera porta a la dreta, vaig entrar i la vaig tancar darrere meu.

"En quins diables m'he ficat, estic ben fotut".

Sí, definitivament vaig saltar cap a un abisme profund.

CAPÍTOL II

No se suposava que fos tan ràpid, vaig pensar per a mi mateix, mentre m'assegurava que la porta estigués tancada.

Recolzant el meu cap a la porta, vaig tancar els ulls i em vaig preguntar si això realment estava succeint.

Un home professional de 40 anys, com jo, divorciat, finalment estava complint la fantasia.

M'havia introduït en un món completament nou.

Allà, al centre de l'habitació, amb un únic focus brillant al sostre, hi havia una estoreta negra amb una bossa esportiva a la part superior, una bossa Nike en realitat.

Em vaig acostar ràpidament a ella i vaig sentir la fredor del pis de concret als meus peus.

Potser era a la masmorra.

A la part superior de la bossa hi havia un paper doblegat amb una nota escrita a sobre "Esclau Peter", jo, però com havia sabut que estaria jo aquí?

Vaig agafar la nota i vaig començar a llegir-la.

Esclau Peter

Puta, et posaràs de genolls ara mateix per llegir aquesta nota.

Segueix les instruccions exactament i sigues ràpid ja que el teu temps sestà acabant '.

Ràpidament em vaig agenollar i vaig mirar al meu voltant mentre ho feia, però no hi havia llum a la resta de l'habitació; només la llum que brilla sobre mi mentre llegia la nota.

1. Apila amb cura la teva roba al costat de la bossa.

2. Treu cada cosa de la bossa i posa-hi la roba.

3. Col·loca't el collaret, assegura't que estigui apretat i després bloca'l.

4. Col·loca't l'arnès del cos i assegura totes les sivelles i l'anell del martell. Tots han d'estar estrets.

5. Corda els punys del canell i el turmell i assegura'ls amb un cadenat. Cadascú està marcat quant a on ha d'anar i s'ha de posar atapeït.

6. Bloqueja els punys del turmell juntament amb la cadena de 6 polzades i els cadenats.

7. Sivella a la mordassa. És una mordassa d'amplada oberta i ha d'estar molt atapeïda.

8. Revisa la zona i posa qualsevol cosa que no es vas fer servir dins de la bossa.

9. Col·loca't la bena i corda-ho bé!

10. Bloqueja els punys del canell junts.

11. Assumeix la posició d'esclau i espera.

Mentre llegia la nota, vaig caure de genolls mentre intentava ubicar cada article a la bossa i, finalment, frustrat per intentar localitzar-los, simplement vaig llençar la bossa davant meu.

Quan ho vaig veure tot, realment creia que en vindrien altres ja que tot això no podia ser només per a mi.

De cop i volta, des d'un altaveu directament sobre mi, va venir la seva veu, forta, profunda i pesada.

"ET QUEDEN 15 MINUTS".

Aquest recordatori va activar una manera de pànic dins meu i ràpidament vaig recollir la meva roba, la vaig llançar dins la bossa i la vaig tancar.

Després vaig recórrer tota la pila de corretges de cuir fins que vaig trobar el collaret.

Maleïda sigui, és un collaret de càstig.

Vaig mirar el gruixut coll negre de quatre polzades d'alt i em vaig preguntar com m'ho posaria, fins que vaig notar que hi havia un petit cadenat obert que es col·locava a través d'un forat al passador extra ample de la sivella.

Ara vaig entendre com havia de ser usat i vaig treure el cadenat.

Alçant el meu cap, el vaig col·locar al voltant del meu coll perquè l'obertura estigués a la part del darrere i un anell en D a la part davantera i el cordés en una posició còmoda.

Després vaig posar el cadenat a través del forat del passador i el vaig tancar.

Allà, aquesta maleïda cosa està col·locada, vaig pensar.

Què segueix?

Afortunadament, havia passat un temps investigant el tema de les joguines de dominació i havia vist diversos arnesos corporals als anuncis en línia, així que vaig poder localitzar-lo ràpidament i, després de sostenir-ho per un moment, vaig decidir que era un arnès de tors.

Tan ràpid com vaig poder, vaig determinar el front des del darrere, el vaig llançar al meu voltant de manera que els anells principals estiguessin a la part del darrere i la majoria de les sivelles d'ajust estiguessin a la part davantera.

Per sort, les dues corretges que envoltaven cada costat del meu coll estaven soltes i això va ajudar a col·locar el front des del darrere, juntament amb el fet que l'anell de la polla també penjava a la part davantera.

Aquestes dues corretges es van trobar en un anell a la part davantera i del darrere a un nivell just sota dels meus pits.

A partir daixò, una sola corretja va conduir a un altre anell a un nivell a la part superior dels meus malucs i daquest anell a la part davantera, una altra corretja va subjectar lanell de la polla amb la corretja adjunta sota.

Tots dos anells, davanters i del darrere, subjectaven les corretges per connectar als costats de endavant cap enrere.

Després d'uns segons de donar-hi voltes, vaig decidir connectar les corretges laterals de l'anell sota els meus pits i les vaig cordar fins que van quedar estretes, però no gaire.

Després vaig repetir el mateix amb les corretges laterals als meus malucs.

Això estava començant a ser difícil ja que aquest cinturó al coll mantenia el meu cap enlaire i no podia veure bé el que estava fent.

L'anell de penis era el següent i sabia que s'hauria de fer només de sentir-ho són poder mirar.

Déu, tant de bo hagués exagerat les mesures de la meva polla quan la Lucy les va demanar.

Ara no em penja tan bé i no esperava que hi hagués un problema fins que vaig poder sostenir l'anell de la polla per poder veure'l.

Fotre, és minúscul!

Com aconseguiré les meves parts allà?

Ho vaig fer una bola alhora i vaig tenir la sort que la meva polla estava fluixa en aquell moment i vaig poder estrènyer l'eix a través de l'espai restant.

Hauria ajudat una mica de lubricant, però no n'hi havia cap.

Vaig prémer la corretja de l'anell de la polla a l'anell del maluc i després vaig prendre la corretja restant de l'anell de la polla, col·locant-la entre les meves cames i la part del darrere del maluc a l'esquena i després, amb els braços darrere meu, la vaig cordar el millor que vaig poder.

Tan aviat com vaig fer això, vaig començar a tenir una erecció amb el resultat que el dolor a la base de la meva polla i les boles se sentia sorprenentment fantàstic.

Després vaig prémer cada corretja i vaig repetir el procés una vegada i una altra fins que vaig sentir que estaven tan estretes com va ser necessari.

Tot el procés va mantenir la meva polla erecta fins al moment que es va completar.

La veu de Lucy va tornar a sonar des de l'altaveu del sostre i semblava més dominant que abans.

"ESCLAU, ET QUEDEN 5 MINUTS".

"No, això no és possible, senyora. No pot ser". Vaig protestar.

"TENS 5 MINUTS. DÓNA'T PRESA".

Tan ràpid com vaig poder, em vaig col·locar i vaig tancar les nines i els turmells, assenyalant on havia d'anar cadascú.

Després vaig trobar la cadena i la vaig col·locar als meus punys de turmell amb cadenats units als anells en forma de D de cada puny.

Tot això no va ser una gesta fàcil ja que el maleït collaret de càstig limitava la meva vista.

Aleshores la mordassa!

Era de cuir gruixut i tenia una gran obertura perquè els meus llavis i les meves dents havien de passar.

Quan ho vaig provar per primera vegada, vaig pensar que hi devia haver un error perquè no podia posar la meva boca sobre l'anell sortint al primer intent.

Ho vaig tornar a intentar i vaig ficar les dents a l'anell, però va ser dolorosament incòmode.

El vaig cordar amb força per assegurar-me que no se'n sortís.

Déu, el forat era prou gran per a un bon membre, però esperava no rebre'l mai. Per què no vaig posar això a la meva llista de límits?

Després de trobar la bena per als ulls, ho vaig recollir tot, ho vaig col·locar a la bossa i ho vaig tancar.

Em vaig assegurar la bena dels ulls i just quan ho estava assegurant, l'altaveu del sostre va cobrar vida.

"EL TEU TEMPS ES VA ACABAR. ARA ETS EL MEU ESCLAU".

Oh merda, vaig oblidar el cadenat dels meus canells, vaig cridar a la mordassa.

Desesperadament, vaig trobar la bossa, la vaig obrir i després del que va semblar una eternitat, vaig trobar un cadenat obert.

Ràpidament, però amb dificultat i deu haver-me pres 2 minuts o més, vaig poder lligar-me les esposes a l'esquena.

Aleshores em vaig agenollar allà en total submissió, amb els genolls separats.

Oh no! No vaig tancar la bossa.

Em vaig agenollar allà pel que va semblar que era el temps més llarg del món mentre escoltava l'obertura i el tancament de la porta.

No hi va haver un so; no va dir res.

Les botes van fer clic al pis i vaig saber pel moviment d'aire sobre el meu cos i l'olor del perfum que era a prop.

Déu feia olor fantàstica.

Havien passat anys des que vaig tenir una dona així tan a prop meu.

Podia escoltar el cuir de les botes, vaig pensar i vaig imaginar que estava inspeccionant la bossa.

Podia olorar el cuir que feia servir i vaig començar a excitar-me quan em vaig agenollar en la submissió.

Plaf!

"Agrrrrrrrrrrrr", vaig gemegar després de rebre una puntada de peu a les meves boles que van doldre més que qualsevol altre dolor que hagués rebut en la meva vida.

El dolor inesperat va obligar els meus genolls a tancar-se juntes.

"Em vas desobeir, tros de merda sense valor. Separa aquests genolls ARA!"

Lentament vaig obeir i vaig apartar els meus genolls esperant rebre un altre cop, però res no va venir.

Vaig murmurar a la mordassa una indistingible "Ho sento Mestressa".

"Em deceps, Peter. Has fallat en la teva primera assignació i, com a resultat, no rebràs els teus assots fins a la festa d'aquesta nit i es triplicaran".

Festa? De què diables està parlant?

De sobte vaig pensar i la Lucy devia sentir la meva preocupació per algun moviment del meu cos.

"Invitaré algunes de les meves amigues durant aquesta nit. Vols assistir com el meu esclau, Peter? Seràs l'atracció principal; en realitat, aquesta nit, seràs l'única atracció. Bé, estàs interessat o?"

Estava intentant absorbir tota aquesta nova informació quan ... bufetada ... la seva mà va aterrar a la meva galta esquerra.

Maleïda sigui, això fa mal.

"Et vaig fer una pregunta, Peter. Estàs interessat? Si no, el seu servei acaba ara mateix!"

El millor que vaig poder, vaig sacsejar el cap per indicar que estava interessat i vaig murmurar en la mordassa:

"Si us plau, deixa'm assistir a la teva festa, estima Lucy".

"Molt bé Peter, se't permetrà anar a la casa i preparar-te per a la festa, però primer tenim algunes coses a cuidar aquí i ara. No vas seguir les instruccions molt bé, oi? No vas deixar cap joguina per a la nostra sessió, el teu collaret està solt i estic tan divertida com l'infern. Molt mala gossa perquè planeig ser molt dura amb tu aquesta nit per això ".

Després em va agafar pels cabells i va tirar del meu cap enrere fins al punt que podia imaginar que estava mirant cap avall a la cara emmordassada i amb els ulls embenats.

"En uns minuts, la meva puta, ja no seràs tan desobedient", va dir amb veu profunda i dominant.

Sabia el que volia dir i em vaig agenollar allà en silenci després que em deixés anar el cap.

"Primer, he d'ensenyar-te a respectar i obeir sempre la teva Mestressa".

El so de les botes va indicar que s'havia allunyat i aviat vaig sentir alguna cosa arrossegada en la meva direcció.

Aleshores la vaig sentir al meu costat i també vaig sentir que alguna cosa es col·locava davant meu.

La seva mà era a la part posterior del meu cap descordant la bena que es va enlairar lentament i vaig parpellejar diverses vegades ajustant-me a la llum.

Davant meu estava el costat d'un banc de fusta negre que havia de mesurar quatre peus de llarg amb una part superior de cuir encoixinat negre d'aproximadament dos peus d'ample

Ara l'habitació estava totalment il·luminada i quan vaig mirar al voltant vaig notar tots els articles de cuir i fuets que penjaven de les parets i totes les cadenes i les cordes que penjaven del sostre.

Quan vaig girar el cap més cap a la dreta, ESTAVA ELLA.

Oh merda, ella és molt bonica, vaig pensar.

Encara estava amb les botes de cuir negre, però només portava una petita cotilla de cuir negre que cobria l'àrea des dels malucs fins a sota dels pits, i un parell de guants de cuir negre.

Immediatament vaig començar a endurir-me.

"Posa't dret, esclau, inclina't al banc", va ordenar.

Honestament, vaig intentar aixecar-me, però estava rígid per tot el temps passat sobre els meus genolls i la cadena de frens als meus turmells ho feia impossible.

Per molt que ho intentés, sempre queia de genolls o queia de banda o banda.

"Oh, fotre", va cridar i vaig saber que estava enutjada per l'expressió de la cara i el to de la veu.

De cop i volta, va semblar saltar i va agafar l'anell a la part davantera del meu coll.

Maleïda sigui, em va doldre, em vaig dir a mi mateix mentre m'aixecava bruscament i em posava sobre el banc i em clavava cops de peu als turmells mentre ho feia.

Quan vaig gemegar, tot el que ella va dir va ser:

"¡Acostuma't, noi! Aquesta nit serà pitjor".

Després que em tirés al banc, em va lligar amb una corda des de l'anell del meu coll fins a un trau a la part inferior del banc, de manera que des del meu cap fins a les espatlles em vaig inclinar sobre el banc.

Des de la cua del meu ull dret, vaig poder veure la meva Mestressa prendre una corretja de cuir que havia estat penjada a la paret amb moltes altres corretges.

Era potser de tres polzades d'amplada i no gaire gruixuda, i estava agraït que no era la corda de barber que encara penjava a la paret.

Cachetada ... cachetada ... cachetada.

Ella llançava la corretja contra les meves natges pel que va semblar una eternitat.

Quan vaig intentar moure'm per escapar de l'amarratge, ella em va sostenir amb les meves nines emmanillades i va aixecar els meus braços per aturar el meu moviment.

Finalment va acabar i la seva mà va acariciar les meves natges mentre s'inclinava i llepava la meva espatlla.

"Sempre m'has d'obeir, Peter. Entens?"

Vaig murmurar un SÍ AMA en la meva mordassa mentre es movia cap a la bossa d'esports a terra.

Després, mirant a través seu i pensant que buscava, va treure un cinturó de cuir que tenia un consolador negre.

La vaig observar mentre se la subjectava ràpidament al voltant de la cintura i entre les cames fins que la va sentir segura i al lloc adequat.

Després ella va caminar lentament d'una banda a l'altra assegurant-se que pogués veure què passaria i es va aturar davant meu.

Alçant el meu cap pels meus cabells, va portar el consolador a la meva mordassa.

"Esclau, he triat el consolador més petit amb què t'he de cardar. Espero que apreciïs el meu gest. ARA, xupa'l perquè estigui ben preparat i humit. També faré servir un lubricant perquè puguis gaudir aquest moment. El nostre primer junts".

Mentre ella posava lentament el consolador a l'orifici de la mordassa, vaig intentar contenir-lo amb la llengua el millor que vaig poder i després el vaig envoltar per humitejar-ho.

Xuclar-lo estava fora de discussió, però sabia que seria un requisit en el futur; potser fins i tot aquesta nit.

La senyora va treure la seva joguina de la meva boca i es va posar dreta, on va obrir la cadena dels meus turmells i va estendre les cames fins que vaig pensar que em partiria en dues.

Aleshores vaig sentir les seves mans enguantades descordar la corretja que corria entre les cames.

Ella va separar les meves natges mentre entrava lentament al meu territori inexplorat.

"Oh, sí", va cridar repetidament mentre s'empenyia cap a mi i després va començar a cardar-me de debò ara amb una mà a cadascun dels meus malucs.

No li havia parat atenció abans, però ara em vaig adonar que la meva polla estava dura i que estava sent fregada contra el banc mentre la meva amant em cardava.

Ella també va notar el meu creixement i una mà va anar a la meva polla prement-la amb força.

"Oh, petita joguina. Ens complaurà a totes aquesta nit, però recorda que, si et corres, hauràs de llepar-ho. Oh, sí, petita gossa, fotre, oh, molt bé".

Després, després d'uns minuts, es va retirar de mi i em va sostenir a les espatlles mentre recolzava el cap a l'esquena.

La seva respiració era molt ràpida i sabia que ella era feliç.

"Ets meu Peter, tot meu, no em deixis mai. T'he estat buscant tota la vida".

Després que em deslligués, em vaig agenollar davant d'ella i vaig observar com desbloquejava i treia tot el que havia portat com a esclau.

Quan estava totalment nu, vaig assumir la posició d'esclau i la vaig observar mentre ella anava a un altre gabinet i treia una bossa de vellut negre.

Ella va tornar i es va aturar davant meu.

"Peter, aquesta bossa conté tot el que has d'usar aquesta nit. No has d'usar res més des del moment en què surtis de casa teva i el teu cotxe serà registrat per assegurar-me que vas obeir. També pots ser seguit per un dels meus amics . De casa teva a la festa, però mai ho sabràs, per la qual cosa has d'estar previngut. algú vingui per tu... Ara, et vestiràs, tornaràs a casa, descansaràs, menjaràs un menjar lleuger i netejaràs el teu cos per dins abans de vestir-te per a la festa... Ah, i una altra cosa, no només t'afaitaràs la teva cara, sinó també la resta del teu cos Només es permet el pèl a la part superior del teu cap, les teves celles i les teves pestanyes, entens el que es requereix de tu el meu esclau o he de repetir-lo?

"Entenc la mestressa Lucy".

"Molt bé Peter. Ara posa't dret".

Vaig obeir i de sobte ella era a prop meu.

Podia sentir aquests fantàstics pits al meu pit; la seva calidesa era un encant i el seu gest era totalment inesperat.

Suaument va posar una mà darrere del meu cap i la va portar a la seva fins que els nostres llavis es van trobar i després es van separar quan les nostres llengües es van batre en dol i ens vam quedar abraçats mentre els nostres cossos intentaven convertir-se en un.

Mentre s'allunyava, va notar la meva polla en atenció i va somriure.

"Oh, Peter, només una cosa més. ¡No juguis amb tu mateix mai sense permís! Ara veu i prepara't per a la festa".

CAPÍTOL III

Vaig revisar el meu rellotge novament pel que semblava ser la milionèsima vegada a l'última hora i finalment vaig pensar que era gairebé l'hora d'obrir la bossa.

Tot havia estat fet segons allò ordenat per Lucy.

Va ser només un viatge curt de cinc milles de casa a la meva, cosa que va ser sorprenent, ja que mai ens havíem vist abans.

Havia estat la nostra primera reunió de la vida real que havia anat molt més lluny del que havia esperat i vaig saber que n'estava enamorada i que em deixaria fer-me el que volgués.

Déu, estava cachond o, però m'hi vaig asseure i tractant d'obeir el seu ordre de no jugar amb mi sense el seu permís.

Normalment, després del matí que acabava de passar, la meva mà dreta estaria jugant amb tot, però això no seria ara.

Allà, finalment, eren les cinc de la tarda i vaig deslligar el cordó a la part superior de la bossa de vellut negre que la senyora m'havia donat.

El batec del meu cor va semblar duplicar-se en previsió del que havia de trobar i vaig tancar els ulls quan vaig ficar la mà a la bossa.

Vaig sentir la fredor del metall i la calor del cuir i el cautxú quan la meva mà va agafar tot el que hi havia a la bossa i el vaig llençar al llit.

Allà, al llit, hi havia tot el que m'havia de posar aquella nit, que consistia en un collaret, un petit arnès i un tub de lubricant amb tap de darrere.

Gràcies a Déu era petit, vaig pensar quan el vaig veure.

Immediatament, vaig començar a vestir-me prenent primer el collaret i determinant com pensava que s'havia d'usar.

Era similar a la que havia tingut abans el dia, excepte que només tenia dues polzades d'alçada i tenia tres anells en forma de D units: un al capdavant i un altre a cada costat.

Tenia un cadenat obert adjunt i, sabent com funcionava, me'l vaig posar immediatament i el vaig cordar tan fort com vaig poder sense escanyar-me, i després vaig lligar i tancar el cadenat mentre mirava en un mirall per no cometre errors.

Després vaig mirar l'arnès en diverses posicions i finalment el vaig descobrir.

Mantindria tant el tap de topall al seu lloc, així com les meves privacions, ja que aquell maleït i petit anell de polla estava allà una altra vegada.

Em vaig parar davant del mirall complet de la meva habitació i vaig notar que des que m'havia afaitat tot el pèl púbic, la meva polla tenia el doble de mida, fins i tot quan estava penjant allà sense forces.

Vaig posar un somriure a la cara i vaig esperar que La meva Mestressa també estigués contenta quan em veiés de nou.

L'arnès era similar a l'arnès de cos que havia fet servir al principi del dia.

Havia de ser usat al nivell del maluc i tenia dues corretges de duplicitat a cada costat que es connectaven a un anell de metall a la part davantera i del darrere.

Vaig cordar aquestes corretges de forma segura i després vaig anar a la part difícil empenyent primer les meves pilotes i després la meva polla a través d'aquell maleït anell que sabia que Lucy havia col·locat massa petit.

Quan els vaig tenir ficats a través de l'anell, em vaig mirar una altra vegada al mirall i vaig pensar com es veia de bé això.

Hauria de ser el hit de la festa.

Els meus genolls van començar a tremolar una mica quan vaig pensar en el que havia de fer a continuació, ja que seria la primera vegada que faria servir un tap de darrere.

Vaig agafar el lubricant i vaig posar una quantitat suficient a l'extrem que immediatament em vaig fregar al forat del meu darrere i en la seva obertura inicial.

Després vaig posar tant lubricant al tap com vaig poder i vaig separar les cames, em vaig posar a la gatzoneta una mica i el vaig posar lentament al meu darrere.

El tap tenia una base plana que evitava que em xuclara per complet i l'excés de lubricant traspuava al seu voltant.

Va entrar més fàcil del que havia pensat i vaig agafar un mocador i vaig netejar l'excés de lubricant abans de treure la corretja de l'arnès de l'anell del penis entre les cames i cordar-lo a l'anell del darrere.

L'arnès tenia una bossa per al tap del darrere, però com que ho havia notat massa tard, simplement el vaig deixar enrotllada al voltant del tap i vaig esperar que el mantingués al meu darrere amb tot atapeït.

Vaig verificar l'hora i em vaig adonar que era hora d'anar-me'n i va ser quan em vaig adonar que conduiria gairebé nu i em vaig dir a mi mateix que no trenqués cap regla de trànsit o que hauria de donar alguna explicació.

Esperava que ningú em passés o s'aturés al meu costat.

El meu garatge tenia entrada directa des de casa meva i amb l'obridor automàtic de la porta del garatge, em sentia còmode que els meus veïns no notessin res inusual.

Gràcies a Déu per les finestres tintades.

Vaig posar una tovallola sobre el seient del conductor i la meva cartera i la llicència ja eren a la guantera quan vaig revisar la llista de control a la meva ment.

Tant de bo hagués estat hivern i tot fos fosc, però era un calorós dia d'estiu i la foscor no arribaria fins a 3 hores encara.

Després vaig allunyar-me de la casa després d'assegurar-me que el garatge havia tancat.

Quins diables estic fent, només han passat hores des de la nostra primera reunió, vaig pensar mentre conduïa lentament cap a casa observant el trànsit i sentint com es connectava dins meu.

Vaig revisar contínuament el mirall retrovisor per a la policia i qualsevol altra persona que em seguís.

No hi havia policies a la vista, però semblava que hi havia un petit automòbil esportiu negre seguint-me a distància, però no n'estava absolutament segur.

Ah, ho vaig fer!

No vaig cridar a ningú, però gairebé, quan vaig entrar al camí d'entrada i vaig conduir fins al garatge.

Quan vaig entrar al garatge, em vaig adonar que tenia gairebé cinc minuts d'anticipació i, sense saber què fer, simplement em vaig aturar on ho havia de fer i vaig apagar el motor.

Em vaig asseure allà pensant i convencent-me que tot estava bé.

Em vaig treure el rellotge i el vaig col·locar al seient al meu costat.

La porta del garatge es va tancar darrere meu i el meu cor va començar a bategar més ràpid juntament amb l'enduriment de la meva polla.

Després em vaig asseure a la calor de les meves mans a les meves cuixes esperant el que semblava ser una eternitat.

Vaig sentir que la porta de la casa s'obria i, en mirar el rellotge al seient, vaig veure que havien passat cinc minuts de l'hora.

Deu haver estat l'emoció perquè em vaig tornar per veure una dona que entrava per la porta i es dirigia cap a mi.

Era de la mida d'una amazona, però no era grossa, només era gran, de la meva altura, vaig pensar, molt atractiva, els cabells castanys recollits en un munt a la part superior del seu cap com una cua de cavall difusa mal col·locada.

I la puta tenia el joc de pits més gran que mai havia vist.

Espera un segon, vaig pensar.

L'he vist abans.

Ella treballa a la botiga de licors.

La vaig observar mentre s'acostava a la porta i, per reflex, la vaig obrir per saludar-la.

"Treu la teva puta mà de la porta i mira al capdavant. Ets un esclau! Seu i obeeix". Ella va ordenar.

Immediatament vaig treure la meva mà de la porta i m'hi vaig asseure intentant revisar el que acaba de succeir.

Ella ha de ser una Mestressa.

Ella ha de ser obeïda, vaig pensar.

La porta es va obrir completament i vaig mirar a l'esquerra sense moure el cap i em vaig trobar mirant un bonic conjunt de cuixes.

El seu cony sense afaitar estava cobert amb un drap vermell que tenia una quarta part de la mida d'un mocador facial i penjava d'una prima corda daurada als malucs.

Portava un collaret de cuir al voltant del seu coll que tenia menys d'una polzada d'alt i que deia Esclava amb lletres d'or.

"T'agrada el que veus al cul? Et vaig dir que miressis de front".

"Sí, senyora. Ho sento, senyora". Vaig respondre.

Bufetada ...

Ella em va emmanillar en un costat del meu cap amb la mà dreta.

"No sóc una senyora, però m'has d'obeir fins que compleixi els meus deures. Pots referir-te a mi com Cindy o esclava Cindy. Entens?" ella va preguntar.

"Sí, esclava Cindy. T'entenc gossa!"

"Oh, l'esclau s'ha tornat boig", va riure entre dents i va afegir: "no riuràs ben aviat, noi. Ja has servit en una festa?"

"No, aquest és el meu primer dia amb Lucy". vaig respondre

Bufetada ... aquesta vegada la seva mà va aterrar a la meva boca.

"Això no va ser res en comparació amb el que ha de venir. Només se l'anomenarà senyora Lucy a no ser que estigui en públic. Entens?"

"Sí, esclava Cindy". Vaig respondre i vaig assentir amb el cap per indicar-ho.

Després va agafar l'anell en forma de D a la banda esquerra del meu coll i va mostrar la seva força, ràpidament i bruscament em va treure del meu cotxe i va sostenir l'anell a l'alçada de la cintura quan va tancar la porta.

M'havia oblidat del tap al meu darrere, que va començar a doldre'm una mica, i vaig deixar anar un gemec per indicar-ho, cosa que només va fer que Cindy se sacsegés el coll com una manera de dir-me que el deixés.

Mentre em fregava contra ella, vaig sentir la seva suavitat, vaig olorar la seva aroma i, per un segon, vaig pensar a saltar-hi, però una estrebada al meu coll va deixar caure aquests pensaments de la meva ment.

Hi havia una porta a la part del darrere del garatge, la qual va obrir i em va conduir a través.

Vam entrar al que semblava una cambra de servei que tenia talladores de gespa i coses així a un costat i un gimnàs casolà a l'altre.

Hi havia una finestra que donava a un jardí molt gran, bell i privat, que descobriria ben aviat, abastava tota la part del darrere de la casa i la propietat.

Era extremadament privat i mirava cap al llac des del seu pati, que era a uns trenta peus sobre la costa.

No hi hauria un veí a la distància que pogués sentir res.

"Inclina't i col·loca les teves mans al banc", va ordenar i després va tornar a ordenar, "obre les cames a tres peus de distància".

Una cadena curta del banc que tenia un ganxo de seguretat es va adjuntar al collaret com un recordatori que no m'havia de moure.

Cindy després va apartar més les meves cames i va descordar la part posterior de l'arnès per donar-li accés al tap de darrere.

"T'he vist a la botiga de licors al centre comercial", li vaig dir.

Bufetada ... bufetada ... bufetada.

Cindy va posar la mà amb força al meu cul.

"Imbecil, les nostres vides privades són les nostres vides privades i mai han de ser discutides en cap reunió teva amb qualsevol Amant o en qualsevol reunió del Grup del Plaer del Dolor. Entens això, Peter?"

"Sí, Cindy, entenc. És aquest el grup d'aquesta nit, Plaer del Dolor?"

"Així es diu, Plaer del Dolor, i mai n'has de prendre nota o esmentar-ho a la teva vida privada".

De sobte... "Agggggggggg", vaig gemegar mentre treia el tap del darrere sense previ avís.

"Vostès novells mai no ho entenen bé", va dir mentre sostenia el tap davant de la meva cara. "Se suposa que ha d'anar primer a la borsa de l'arnès i després dins del seu anus. Així".

"Aggggggg" ... maleïda sigui ... ella ho va envestir a propòsit, vaig pensar.

Després de tornar a cordar l'arnès, tan bruscament com va ser possible, l'esclava Cindy va deixar anar la cadena del meu collaret i em va aixecar.

Mirant el seu rellotge, va dir:

"Ens estem quedant sense temps a causa de la teva estupidesa. Pren dos pesos de vint lliures i fes flexions fins que et digui que t'aturis".

"Eh," vaig respondre, ja que no entenia això en absolut.

"Tont del cul, ho he de fer tot per tu?"

Després es va dirigir a un prestatge, que estava ubicat sota la finestra i va treure dos pesos de vint lliures com si fossin plomes i va fer algunes flexions per a mi.

Podia sentir la meva cara vermella per l'estupidesa dels meus comentaris.

Quan m'havia donat les peses, immediatament vaig començar a fer les flexions ordenades, però em vaig preguntar per què estava fent això.

"Per què dimonis estic aixecant peses? Vaig pensar que estava aquí per a una festa?" Li vaig dir a la Cindy mentre s'allunyava d'on era jo.

Quin bell cul té ella.

Potser és una mica grassoneta, però aposto que és una grassoneta fantàstica, vaig pensar.

Es va aturar i es va tornar per mirar-me i em va dir:

"Ets estúpid o què? La teva senyora vol presentar el seu nou esclau aquesta nit i espera que el seu esclau tingui un cos perfectament tonificat. Serà millor que facis un bon espectacle aquesta nit, Peter o no se li atorgarà la membresía completa al Grup .Entès?I deixa de mirar-me! Sóc esclava de la senyora Lucy també".

Maleïda sigui, una altra submissa de la gossa, vaig pensar.

Mentre continuava treballant al meu cos, mirant de tornar a la vida els meus abdominals i pectorals, la Cindy va treure una gran lona blava d'un armari i la va col·locar al centre de l'habitació, al pis, davant d'una porta de garatge. al pati del darrere.

Es va ocupar col·locant dues ampolles davant de la lona, després una tona de corda a cada costat i després des de l'altra banda de l'habitació, va aixecar el que semblava un gran tros de fusta del pis i el va col·locar a terra.

La part del darrere de la lona.

Em vaig adonar que no era lleuger, ja que al principi semblava que lluitava una mica amb ella, però va demostrar que fort era aixecant-la fàcilment una vegada que tenia el control.

Déu, m'està enganyant, vaig pensar.

Una dona molt bonica completament disposada amb una força increïble.

Començava a alentir el meu entrenament tant per manca d'entrenament com per concentrar-me a la fusta que Cindy havia col·locat a la lona.

No era rugosa, però semblava que havia estat polida i acabada amb un vernís.

Un pern gran al mig d'una superfície era l'única cosa que pertorbava la suavitat de la peça, que semblava que tenia quatre polzades per quatre polzades i aproximadament sis peus de longitud.

Quan Cindy va tenir tot al seu lloc, es va acostar a mi i em va veure lluitar amb les peses, que ja semblaven pesar unes deu vegades més que quan vaig començar a fer exercici.

Ella va riure i va passar una mà suau sobre el meu pit i abdominals.

"Mmmm ... molt bé noi. Estàs llest per aturar-te?"

"Oh, per favor, sí, no puc seguir amb això per més temps. Els meus braços se senten com si estiguessin llestos per desprendre's i els meus bíceps estan cremant", vaig respondre.

"Ha, ha, ha... Ok, atura't! Baixa les peses i atura't al mig de la lona, davant de la porta. ARA!"

Vaig deixar suaument les peses i vaig saltar a la meitat de la lona.

Dempeus allà, podia veure els jardins ja que la porta tenia 2 finestres petites.

Maledicció, fins i tot puc veure Maine a través del llac.

Semblava un dia calorós i bell fora, però aquesta habitació tenia aire condicionat i ens impedia suar.

"Estén els teus braços, guineu i estén les cames! Mantingues aquesta posició i no et moguis!"

"Has d'insultar-me, Cindy? No podries simplement anomenar-me Peter?"

"Només t'estic preparant mentalment per ser el noi de la festa i realment no estima algú que intenta robar-me a la meva Mestressa", va respondre ella buscant una de les ampolles.

Oh, està gelosa!

Va fer la volta darrere meu i va començar a fregar el contingut de l'ampolla sobre la meva esquena.

Crist, fa olor de pinya bugada, em vaig dir mentre aquestes suaus mans seguien fregant-me l'esquena.

Després van trobar les meves natges i ella les va pessigar amb una rialleta.

Després ella va continuar baixant les cames fins al fons.

"En cas que et preguntis, esclau, la nostra Mestressa va pensar que causaries una gran impressió a les altres si estiguessis tot oliat i això és el que estic posant ara i és un bon sabor d'estiu, no creus? Mmm... tu pell és bonica, suau i llisa. Els agradarà això ... mmmmm "

Després va cobrir els meus braços estesos completament amb oli fins a les puntes dels meus dits.

Després de fregar-lo als costats del meu pit, l'ampolla es va buidar i ella va prendre la segona.

Aquesta vegada ella va fregar suaument sobre els músculs del meu pit acabats de tonificar i vaig poder veure la mirada als seus ulls i vaig saber que ella em desitjava.

Saltant sobre la meva polla i pilotes, ella va acabar les cames i després es va agenollar i va agafar la meva polla amb força, prement-la fins que vaig gemegar.

Aleshores vaig veure els seus llavis sobre el meu membre mentre xuclava lleugerament la punta.

Va ser només el moviment normal d'un mascle divertit quan vaig posar una mà a la part posterior del seu cap quan la meva polla es va endurir i la vaig ficar a la boca.

La seva reacció va ser ràpida quan em va mossegar el membre i va colpejar els meus ous amb la mà dreta.

Tot el que recordo va ser cridar tan fort com vaig poder: Oh merdaaaaa! unes quantes vegades i després sentir sonar el telèfon.

Mentre estava amagat o sobre les meves mans privades, Cindy va contestar el telèfon.

"Sí, senyora, ho sento, senyora. Va intentar donar-me sexe oral mentre ho estava greixant. Sí, senyora, li diré que sí, ho farem. Sí, senyora". va ser el que li vaig sentir dir al telèfon.

"Bé, Peter, les Dames no estan contentes amb tot el soroll que vas fer i, com a resultat, rebràs setanta-cinc fuetades en lloc dels seixanta que vas merèixer el dia anterior. I el millor és que jo en donaré quinze per la teva actuació d'ara, així que crida una altra vegada si ho desitges.Quan sortim d'aquesta sala per a la festa, la senyora vol la teva puta polla tan dura com una puta barra d'acer i vol que lluitis mentre ens acostem.Entens, esclau?

"Sí, ho entenc", vaig deixar anar mentre mirava la meva polla i les meves boles adolorides.

Vinga.

Aixeca't.

Endureix-te.

Vaig intentar desitjar-la erecta, però no estava tenint gaire èxit.

Cindy es va agenollar davant meu i va passar les seves suaus i olioses mans suaument sobre la meva polla i les meves boles durant el que va semblar ser un minut o dos.

Només mirant-la engreixant-me tot i fer que m'acaronés el membre, la vida va tornar allà.

Semblava alleujada per això quan va acabar de greixar el meu cos i deixar l'ampolla.

"¡Posa't de genolls, noi! Ràpidament, gairebé arribem tard!"

Mentre ho feia, ella se'n va anar darrere meu i en aquest tros de fusta va començar a lligar trossos de corda en diferents ubicacions, de manera que hi havia al voltant d'un peu de corda penjant dels dos extrems de cada corda a cada ubicació, dels quals en vaig explicar vuit quan vaig mirar per sobre de la meva espatlla per veure què estava passant.

Després aixecant la fusta, grunyint pel pes, la va aixecar fins al nivell de la meva espatlla.

Era un jou! S'havia de tractar com un tros de carn.

"Inclina el teu cap una mica esclau i estén els teus braços cap a mi. Això pot semblar pesat, així que prepara't".

Ho vaig fer i immediatament vaig trobar el pes tan incòmode i tan inestable que la peça es va bolcar i l'extrem esquerre va quedar recolzat a terra.

"Oh, per l'amor de Déu, Peter! Ets un feble o què? Ets un maleït imbècil, oi?"

Ràpidament va lligar la corda al voltant dels meus braços començant amb la corda més propera al meu tors al meu costat dret fins que les 4 es van estrènyer al voltant del meu braç.

Vaig intentar torçar el meu braç per alliberar-lo, però l'únic moviment disponible era de la meva mà.

"Ara, vés amb compte cada vegada que posis el cap enrere, noi, ja que hi ha un pern a la fusta immediatament darrere del teu cap. Ara separa els genolls perquè pugui equilibrar això!"

Mentre obeïa, va anar cap al costat esquerre i, sostenint la fusta i el braç que tenia a sota, la va treure i la va equilibrar sobre les meves espatlles.

Després va lligar la corda sostenint els meus braços al seu lloc en 4 seccions diferents similars al costat dret.

Oh, merda, això fa mal, vaig pensar mentre sentia tot el seu pes, així com el tap del darrere, que havia tornat a la vida i havia d'estar arrencant les meves entranyes.

Vaig gemegar i gemegar una mica, cosa que va semblar delectar l'amazona.

"D'acord, vegem si et puc ajudar a aixecar-te sol, en lloc d'utilitzar el polipast". Va dir que quan va començar a incorporar-me i després vaig seguir el seu exemple reorganitzant els genolls i després aixecant-me.

Ignorant el dolor tant dins com sobre mi, em vaig posar dret.

A ja, qui és el feble ara, gossa?

Cindy va tornar a recollir l'ampolla d'oli i després es va prémer contra mi perquè pogués sentir els seus enormes pits contra el meu cos i aviat la meva polla estava buscant qualsevol part.

"¿M'emportaràs a casa després, Peter? Necessito que m'emportis i faré que valgui la pena".

Ella va voler dir això o està jugant amb mi?

Tant se val perquè va tenir l'efecte desitjat de posar-me dur i dret fins al punt que sabia que era l'erecció més dura que havia tingut el dia.

Després va fer un petit toc sobretot el meu cos per assegurar-se que tot era al seu lloc.

Després d'acabar a la meva polla, Cindy va gemegar davant del que va veure.

Després va deixar l'ampolla i va anar a buscar la corda.

Tenia dos llaços de corda enrotllada, que va col·locar a cada costat de mi.

No era com la corda de niló gruixuda que mantenia els meus braços al seu lloc, sinó més petita com una corda d'estenedor.

Dues vegades, amb tota la seva força, va lligar un extrem de cada corda enrotllada a un dels meus polzes prement els nusos fins que vaig gemegar cada vegada que ho feia.

Va desenvolupar cada secció de corda i les va sostenir com si fossin regnes.

"Ara, quan ens truquin a la festa, et jalaré cap a elles i vull que lluitis per les Dames, però no tan fort com perquè caiguis. Volem que lluitis perquè totes s'emocionin. Entens Peter? Oh, merda, gairebé ho oblido".

"Sí, Cindy, entenc. Sóc l'animal salvatge amb la corretja". Vaig respondre mentre la veia córrer cap a un gabinet del qual ella va treure un tros de cadena i, fotre, no, punys d'acer.

Ella va tirar d'una banda elàstica que sostenia la clau del braçalet sobre el canell dret mentre corria cap a mi.

"Ràpid Peter, ajunta els teus peus!" Ella va ordenar i vaig saber que l'espectacle estava a punt de començar.

Es va ajupir i es va col·locar els punys a cada turmell, col·locant-los al seu lloc.

El clic que va fer cada pany semblava tan fort com un crit.

Quan es va agenollar davant meu, va posar la meva polla a la boca i va xuclar amb força durant uns segons que vaig desitjar que duressin per sempre.

"Això va ser per animar-te més", va dir ella retocant el meu cos per l'oli que prenia a la boca.

Just quan es va aixecar, la porta del garatge es va obrir i una ràfega d'aire calent va arribar als nostres cossos.

Cindy va ajustar el tros de roba vermella que intentava tapar el seu cony sense gaire èxit i es va assegurar que el seu collaret estigués alineat correctament.

"A punt, Peter?"

"Ho farem maleïda gossa!" Vaig respondre.

Em va fulminar amb la mirada i després va recollir les dues cordes lligades als meus polzes, les va prémer i em va treure lluitant cap al sol de la tarda.

CAPÍTOL IV

"Maleïda sigui... Deixa de llençar de forma tan fotudament ràpida", li vaig xiuxiuejar a Cindy.

Després les regnes del meu jou es van afluixar i vaig notar que la Cindy s'havia aturat mentre girava a l'esquerra cap a la Festa i estava mirant els tres mascles que s'acostaven, cadascun amb un rotllo de corda o corretges de cuir.

Estaven despullats, excepte per un petit taulell de cuir que cobria les seves parts privades.

Tots tres eren aproximadament de la meva mida i edat i cadascú també portava un collaret idèntic al que jo tenia posat.

"El traurem d'aquí, esclava Cindy. T'has de reportar a l'esclau Ken immediatament", va dir un.

"No, encara no està llest per això. Peter, no ho sabia! Corre! ¡Surt d'aquí! Ara!" Cindy em va suplicar.

Vaig començar a donar-me la volta per anar-me'n, però dos dels esclaus barons ja m'havien aconseguit i aferrat a la corda subjecta als meus polzes.

Encara que amb la cadena travada als meus peus, no hauria aconseguit fer cinc passos de totes maneres.

A la distància, vaig notar un grup de dones que observaven atentament la situació en què em trobava ia la part davantera del grup hi havia la senyora Lucy.

Aleshores em vaig adonar que la Cindy caminava, no, fugia amb el cap cot i crec que estava plorant.

En què m'he ficat?

Que sóc imbècil.

Aleshores la meva situació i els que em tenien em van tornar a la realitat.

"Saluts, esclau Peter, sóc l'esclau James i aquests dos cavallers són els esclaus Bob i Frank. Si us plau, no ens donin un problema, Peter, i llavors no hi haurà cap problema per a vostè".

"Per què no te'n vas a la merda? Deixa'm en pau! No es va discutir res d'això amb la senyora Lucy, així que me'n vaig d'aquí", li vaig cridar a qui es diu James.

"Subjectin-ho ben fort", va dir James als altres sense ni tan sols mirar-me.

Després va agafar l' eix del meu penis que era tot menys erecte, va tirar amb força d'ell i va lliscar un nus de corda petita que s'estrenyia just darrere del cap.

Després va tirar de la corda prement-la tant que vaig deixar anar un crit llarg i fort.

"Això et fa mal bastard, treu-t'ho, treu-t'ho!" Vaig cridar i vaig lluitar amb totes les meves forces.

Quan ho vaig fer, vaig mirar cap a l'altra banda de la gespa i vaig notar que les dones ho observaven tot mentre bevien un got de vi.

Semblava que altres esclaus nus hi eren, probablement com a servidors, i també ho estaven observant tot.

"Per al teu coneixement, va ser la senyora Lucy qui va ordenar aquesta situació. Hauries de sentir-te orgullós, ja que això mai va passar el primer dia i si la superes, ella es convertirà en membre de l'Elit del Grup amb tots els drets. Ara, tu entretindràs i complauràs els altres lluitant.Només considera'ns com els teus germans esclaus que són aquí per simplement ajudar-te aquesta nit, ha, ha. I realment lamentem el que està per succeir.Ok, nois, treguin la corda dels seus polzes i col·loqui les corretges del collar. He de portar-me al principiant i, llevat que vulgui perdre l'extrem de la seva polla, es comportarà".

Oh Déu, què he fet?

Què em faran?

Vaig mirar cada un dels meus captors amb l'esperança que els fes sentir com una merda, però l'únic que vaig fer va ser enutjar-los i van estirar les corretges que cadascú tenia sobre mi.

Tots tres es van mirar, van assentir i es van tornar cap a les Dames, deixant-se caure sobre un genoll, amb el cap cap avall i cadascun sostenint la seva corretja a l'aire amb la mà dreta.

Vaig mirar els meus tres captors i em vaig preguntar què dimonis estava passant.

James estava davant meu sostenint la corretja del collaret i Bob a la meva esquerra amb Frank a la meva dreta, cadascun sostenia les corretges de coll.

A uns cent peus en línia recta, sota un gran tendal per protegir-les de l'ardent sol, les Dames havien col·locat una fila de cadires amb dues al front ocupades per la Senyora Lucy i una altra dona afroamericana.

Totes les dames portaven un petit vestit negre simple similar amb accessoris daurats i botes negres.

La dona que estava al costat de la Lucy es va posar dreta, es va girar i va assenyalar una esclava agenollada indicant-li que s'hi acostés.

Una esclava alta, ben bronzejada i greixada, amb cabell llarg i llis i negre, es va aixecar i es va quedar amb el cap inclinat davant de la senyora Lucy i la dama negra.

Cadascuna de les dues dames li va donar un article que va sostenir a cada mà i després es va tornar i va caminar cap a nosaltres.

Oh Déu, ella també és bella, vaig pensar, i comparant-la amb Cindy, vaig notar que tenia la mateixa altura, però en molt millor estat, tot això s'accentuava amb la seva pell bronzejada i greixada.

Aleshores la vaig reconèixer.

Ella era la consellera legal de la tribu indígena de la Primera Nació local i ella mateixa era una indígena nord-americana.

Mirant al meu voltant, em vaig adonar que només aquesta dona, uns quants esclaus agenollats, i jo, estàvem greixats.

Cap dels meus captors no ho estava.

"Oh, merda, amic fotut. És Angela. Ella et tallarà les pilotes si li dónes una mala estona", va dir Bob.

"Ho sento, Peter, però és millor que siguis tu, que nosaltres", va dir James, amb Frank també d'acord.

Vaig mirar la dona que se'ns acostava amb aire de confiança i un somriure a la cara.

També portava un tros de roba vermella, que intentava ocultar la seva entrecuix però que no cobria res, i una cadena d'or que la sostenia al voltant dels seus malucs i res més ni sabates ni aretes, i ella també portava molt de maquillatge com Cindy.

Vaig notar que a la mà dreta sostenia un fuet marró ia la mà esquerra hi havia alguna cosa que no podia veure.

Quan ella es va acostar, vaig començar a retrocedir i després vaig començar a forcejar amb les corretges adjuntes, cosa que va fer que els meus tres captors es posessin drets i em mantinguessin al seu lloc tirant enrere.

"Dolen les maleïdes cordes, bastards. Deixin-me'n anar! ¡Deixeu-me sortir d'aquí! Per l'amor de Déu, nois, em deixaran sortir ara".

Vaig cridar això tan fort com vaig poder i em vaig adonar que l'Angela ara corria cap a nosaltres, els cabells negres ballant darrere seu i gairebé ja assolint-nos.

El sol calent semblava enlluernar la seva pell greixada, la qual cosa era una ximpleria on pensar en lloc de tractar de trobar una fuita del meu compromís.

"Obre la teva bocota, noi", va dir ella amb veu profunda i forta mentre agafava el meu braç esquerre, "No volem que els veïns escoltin ara, oi?"

"Vés-te'n a la merda puta negra, vull sortir d'aquí i ara!"

De seguida em vaig adonar que no hauria d'haver dit res, especialment pels qualificatius despectius a l'origen africà, però ella només va somriure als meus comentaris.

"Segueix així i estàs mort, fotuda carn", va xiuxiuejar a la meva oïda esquerra. "Ara obre la teva maleïda boca, noi", va cridar mentre saludava amb el cap James.

El dolor d'una estirada forta a la corretja de la polla, així com Angela tirant del meu cap cap enrere pels cabells perquè el meu cap colpegés al pern a la fusta em va fer cridar amb la boca oberta.

Va ser llavors quan ella em va introduir a la boca un gran tros de cuir teixit, que immediatament va doblegar darrere del meu cap en un nus el més rude possible.

"Com està aquesta puta?" ella va bordar.

El millor que vaig poder, vaig respondre a través de la mordassa i vaig dir:

"¡Vés-te'n a la merda, fastigosa guineu! Treu-me aquesta cosa! Vull estar fora d'aquí", i encara que la meva resposta sonava com ... Hmphhh ... hmphhh ... hmphhh, era distingible per a ella el sentit de la mateixa ja que la mà oberta es va estrènyer en un puny mentre intentava controlar la situació.

"James, dóna'm la corretja del cinturó i després pren els teus dos amiguets i les seves corretges i vés-te'n a la merda aquí, la senyora Lucy i la senyora Samantha han canviat d'opinió sobre l'entreteniment, per ser justos amb Peter, això mai es va discutir amb ell." Va ordenar Angela.

"Però jo..." va tartamudejar i ho va pensar millor.

Ell va assentir amb el cap als seus dos ajudants i tots dos van començar a caminar cap a la resta del grup.

Angela es va girar cap al grup de dames i va aixecar el braç esquerre amb una mà oberta per indicar 5 minuts.

Després es va girar cap a mi i va agafar l'anell D a la part davantera del meu coll, del qual va tirar i em va arrossegar per tornar a la cambra de servei que havia deixat fa uns minuts amb Cindy.

Em va posar de nou a la lona i va anar a un armari a buscar una altra ampolla d'oli per al cos, que ella va portar de tornada i es va aturar davant meu.

"Ara Peter, només ens queden uns minuts, així que deixa'm posar-te al dia. La teva Mestressa ha pujat l'aposta inicial per dir-ho així i t'ha ofert com la seva butlleta per passar ràpidament a un estat d' Elit al Plaer del Dolor. Has sentit parlar d'això?, bé, a qui li importa el que penses de totes maneres?, vas estar d'acord en ser el seu esclau, Peter? això és cert!"

Jo vaig assentir que sí.

"Bé, això ho resol. Em preocupava que la teva por hagués estat real, però has signat un contracte amb Lucy i, a partir d'aquest moment, no hi puc fer res. Però pagaràs pels teus rampells i tu et faré. complir el teu contracte amb la teva Mestressa. Saps qui sóc?

Vaig assentir amb el cap una altra vegada, per la qual cosa ella va desfermar la corda del cap del meu penis.

"Aquí, no necessitaré aquesta corretja. Suposo que aquests tres febles van pensar que això impressionaria; ha de ser una qüestió d'homes. Això se sent millor, Peter? T'agrada carregar tot el pes del jou a les espatlles? Això va ser la meva idea , una vegada que em van explicar els teus atributs físics. Espero que et faci molt mal, perquè els comentaris que vas fer sobre mi em van doldre i et seran tornats ".

Semblava divagar en fer-me preguntes, però mai esperant una resposta com estava emmordassat o sacsejant el cap, així que vaig pensar que el millor era romandre així i no fer res.

Mentre parlava, es va descordar l'arnès que portava posat i lentament em va treure el tap del darrere, però sense va mostrar cap preocupació a treure les meves boles i la meva polla de l'anell, cosa que em va fer cridar i mossegar la mordassa.

Un cop el tap era fora, ella ho va tirar tot sobre la lona.

Les seves mans suaus van passar pel meu cul, pilotes i suaument sobre la meva polla, que estava més que fluixa que la corretja que s'hi havia lligat.

"Això se sent millor Peter?" ella va preguntar.

Vaig assentir amb el cap al sentiment afirmatiu que els meus músculs es van relaxar una vegada que es va retirar el tap.

Ella va riure en veu baixa i va dir:

"Bé, això és bo, així que serà millor que ho gaudeixis mentre puguis perquè tinc alguna cosa una mica més sinistre planejat per al xou. I parlant d'això, és millor que ens posem en marxa o tots dos estiguem a Ara, Peter, només per que sàpigues, el fuet que tinc està fet de bedoll, que proporciona una gran quantitat de soroll, però poc mal, però els fuets que els altres faran servir en tu són principalment de pell de vedell greixada i causen un dolor considerable, així que vés amb compte Però els dos tipus no deixaran marques permanents al teu cos. M'obeiràs per la resta de la nit, ja que et serà més fàcil i no oblidaràs el contracte que vas fer amb la teva Mestressa. El primer que faré serà presentar-te a les Dames, la majoria de les quals tenen alts càrrecs públics o professionals i, de moment, desitgen que les seves identitats i la seva participació es mantinguin en secret. al 100% No hi ha espai per a l'error, només fes el que diu Peter. Entens Peter? "

Vaig assentir amb el cap una altra vegada, i mentre ho feia, vaig observar l'Angela tocar el seu cos amb oli i un cop va estar a la pell bronzejada, va semblar il·luminar l'habitació.

El meu feble membre va començar a tornar a la vida ja que reflectia el plaer que veia als meus ulls de la bella dona que tenia davant.

Després es va acostar a mi i va començar a fregar-me amb oli sobre el meu pit, els meus mugrons i els meus abdominals.

Després va agafar el meu membre i va començar a acariciar-lo fins que va sentir que l'erecció duraria un temps.

"És una pena que no t'hagi trobat abans que ho fes Lucy o que no sigui jo la que busqui la membresia avui, ja que totes les dones que ingressen Plaer del Dolor han d'ingressar com a esclaves d'una Mestressa fins que trobin un esclau masculí i femení perquè les serveixi. T'hauria agradat haver estat el meu esclau, Peter?

No estava segur o de la resposta que buscava, vaig assentir amb el cap i després la mà dreta va colpejar la meva galta esquerra 3 vegades cadascuna més forta que l'altra.

Aleshores ella ràpidament es va aturar darrere meu i em va obligar a enfrontar la porta oberta.

"Maleït porc! No mostres lleialtat a la teva Mestressa o simplement estàs tractant d'apaivagar-me? Quin imbècil ets, Peter! Ara estem a punt per seguir i seguiràs les meves ordres verbals sense haver d'usar una corretja i no ho intentis res per anticipar-ho que succeirà o en quina direcció anirà Si desobeeixes o no fas un bon espectacle, faré servir el mànec del meu fuet i realment no crec que vulguis que faci això, perquè com que ho faré deixarà una marca permanent. !"

Just quan ella em va preguntar si estava llest o, el fuet em va donar un cop al cul que va fer el soroll fort promès però una picada sorprenentment agradable que deu haver satisfet a la meva polla ja que s'aixecava encara més dura del que estava abans .

Després, quan estàvem fora de l'edifici, tres fuetades més van caure pesadament sobre la meva esquena que em van doldre, cosa que em va fer cridar en la meva mordassa i em va fer retrocedir, però no girar.

Aquesta acció només va portar un altre cop a les meves natges i després em va ordenar girar a l'esquerra.

Quan ho vaig haver fet, em va dir que corregués, la qual cosa era impossible ja que estava encadenat, però Angela va semblar no parar atenció a això i va continuar assotant-me l'esquena, el cul i les cuixes mentre seguia lluitant i cridant en la meva mordassa.

"Mou-te directament cap a la senyora Lucy", va ordenar.

Vaig mirar cap amunt entre cops i alhora mirant el terra a la recerca de falles en el mateix, ja que no volia relliscar, i en veure la meva Mestressa, em vaig dirigir cap a ella.

Estava parlant amb una Mestressa negra al seu costat, a la seva esquerra, que vaig suposar que era la senyora Samantha i que semblava estar d'acord amb l'aprovació de l'esclau elegit per la Lucy, jo.

Quan em vaig acostar, vaig notar una estructura de fusta a la meva dreta.

Una forca?

Quina merda.

"Para't, esclau", va ordenar Angela quan estava a 5 passos de la meva mestressa Lucy.

Després es va moure al meu costat i va donar un cop dur a la meva polla encara erecta.

"De genolls quan estiguis davant de la teva Mestressa!"

Vaig caure de genolls i immediatament vaig rebre tres fuetades pesades a l'esquena que em van doldre, però que em van donar més plaer que abans, però no vaig poder entendre ni veure el meu penis erecte.

Vaig sentir una ordre, que crec, era d'Angela que ajupís el cap fins que toqués el terra i la mantingués allà.

Mentre ho feia, el pes de la peça de fusta a la meva esquena em va fer cridar i rebre un altre cop.

Tot va quedar en silenci durant un període d'aproximadament deu segons que va semblar durar una eternitat i una veu que vaig assumir que era la Senyora Samantha per la seva proximitat i veu autoritària, va començar a parlar.

"Senyores, benvingudes a aquesta reunió especial del Grup del Plaer del Dolor. Som aquí per reconèixer oficialment Lucy com la nostra nova membre d'elit i la felicitem per la seva elecció d'esclau, que estic segur que la complaurà molt. Llueixen genials totes, senyores, engreixades així i llestes per als nostres fuets? Lucy, hi ha un assumpte excel·lent de la disciplina d'esclaus que sé que ara resoldràs. Què has triat?

"Gràcies, senyora Samantha, per totes les seves amables paraules. Li demostraré a tots que, com una veritable dominant i professional, sóc i seré un líder de tots els homes, tots els quals són inferiors a nosaltres. Esclau Peter! Ell va triar la seva primer càstig per ser suspès en la seva primera participació, se li presentarà a cada Mestressa present i als seus fuets, començant amb la Senyora Samantha i acabant amb mi mateixa, cosa que significarà un total d'onze lliçons, això serà seguit pel final, al qual només anomenaré El Tormento Final, ja que és una cosa nova que Angela i jo hem creat.Tots els esclaus, a excepció de l'esclava Cindy, aniran immediatament a la sala d'espera al soterrani ja que no se'ls permet veure el primer càstig del nou esclau Peter".

Quan la Dominatrix va acabar, vaig sentir un murmuri de satisfacció i un aplaudiment, que va ser diferent dels primers sons, que devien ser dels esclaus que estaven darrere de cadascuna de les seves Mestresses.

Ningú no ha tingut mai tantes lliçons, va ser xiuxiuejat per un esclau.

L'Ama va dir:

"Ben fet, Lucy, quin cos tan fantàstic té el teu xicot".

No em van preguntar ni vaig assumir que em preguntessin si estava dacord amb lentreteniment planejat, ja que volia ser el seu esclau més que res.

" Anem Peter, és hora que estiguis preparat per saludar totes les Mestresses!" Angela va ordenar.

Vaig intentar aixecar el cap, però el pes del jou sobre les meves espatlles i el meu esgotament no em van permetre fer-ho. Angela va demanar que l'esclava Cindy s'acostés per ajudar, i totes dues van prendre un extrem del jou i em van aixecar amb facilitat.

Quan em vaig aixecar, vaig mirar al meu voltant i vaig notar que els esclaus se n'anaven i les Mestresses en petits grups s'entretenien amb vi i entremesos i vaig pensar com necessitava una beguda.

Vaig mirar Cindy i vaig somriure a través de la meva mordassa intentant insinuar que no estava enutjada amb ella per la sorprenent seqüència d'esdeveniments.

Em va mirar als ulls i després va prémer suaument el meu braç.

Angela em va arrossegar per un anell en D al meu coll fins que vaig estar directament sota el braç estès de la forca.

Parat allà, vaig mirar cap amunt i vaig notar un cable amb un ganxo de seguretat adjunt, després vaig sentir un motor i vaig observar que el ganxo baixava per acabar just a sota del meu cap.

Què va dir la senyora?

Suspensió i participació i alguna cosa més?

He de parar més atenció.

"Cindy, deslliga les cordes al canell i l'avantbraç en aquest extrem del jou i jo ho faré en aquest altre. Hem de posar els braçalets de suspensió al noi i després la barra de suspensió davant d'ell. Un cop fet això, ho deslligarem i guardarem el jou de fusta. La senyora Lucy no vol perdre més temps". Va dir Angela.

Després em van posar punys gruixuts de cuir als canells i vaig saber per què eren, ja que havia revisat els anuncis fetitxistes a Internet.

Un cop en marxa, Angela va aixecar una pesada barra d'acer d'aproximadament sis peus de llarg, davant meu.

Tenia cadenes amb ganxos de pressió a cada extrem, un anell pesat al mig.

Cindy va trencar ràpidament els ganxos de cada cadena a la part superior dels punys que subjectaven les meves nines i una vegada que la segona va estar en marxa, Angela va baixar lentament la barra fins que la vaig sostenir pel meu compte.

El pes addicional en el meu cos i braços em va fer gemegar sorollosament en la meva mordassa i vaig notar que Lucy em mirava i el grup amb què estava va començar a somriure i riure.

Angela i Cindy es van moure ràpidament per treure el jou, cosa que em va fer sentir molt millor i fins i tot després que van aixecar la barra sobre el meu cap i van posar l'anell al ganxo de seguretat, vaig sentir que la pressió s'eliminava del meu cos.

Angela se'm va acostar i em va xiuxiuejar perquè ningú, ni tan sols Cindy pogués escoltar:

"Esclau, ara et trauré la mordassa i et donaré aigua abans que es facin les presentacions. Si no et comportes bé abans de la nit. es va acabar, honestament, i et tallaré els dos mugrons. Entès?

Vaig assentir amb entusiasme, dient sí, quan m'hi vaig dirigir desitjant beure i retenir els meus mugrons.

Vaig notar que la barra de la qual penjaven els meus braços es va girar amb mi quan vaig fer això i en mirar cap amunt, vaig entendre per què el ganxo de seguretat tenia una baula giratòria incorporada perquè pogués girar en qualsevol direcció.

Cindy després va treure la mordassa de la meva boca i, mentre estava dret darrere meu, va pressionar suaument els seus pits contra la meva esquena, la qual cosa va causar que un gemec de plaer escapés dels meus llavis.

Gràcies a Déu, Angela no havia sentit ni vist res d'això, em vaig dir.

Angela després va portar una ampolla d'aigua als meus llavis, de la qual vaig intentar empassar-ho tot, però només se'm van permetre uns quants glops.

"Ho sento, Peter", va dir Angela, "Però només puc donar-te uns quants glops o pots tenir una rampa o fins i tot emmalaltir-te. Oh, Cindy, genial, tens la barra de distribució pels seus peus. Posem-ho en marxa ràpidament, Peter. Recorda el que vaig dir sobre cridar".

Primer, Cindy va obrir la trava dels meus peus amb la clau que havia guardat en una polsera i després les dues noies van agafar ràpidament la barra, que havia de mesurar uns tres peus de llarg, i van cordar una corretja de cuir a cada turmell.

Mentre això passava, sabia per què l'Angela m'havia donat el recordatori de cridar, ja que no només em separava de la barra, sinó que ara penjava suspesa del terra en una posició d'àliga estesa penjant dels meus canells.

Tot el que podia fer era estrènyer les meves dents i gemegar el més suaument possible.

Després, Angela va provar la meva situació movent-me lentament d'una banda a l'altra i després girant-me una vegada per assegurar que el gir funcionés.

Quan em va fer front a les Mestresses, va dir:

"Esclau, et posaràs de genolls abans de saludar cada Mestressa i tindràs el cap cot, els ulls baixats. La saludaràs quan ella estigui davant teu i ho faràs així 'Saluts, senyora, sóc l'esclau Peter de la senyora Lucy'. Després ens ordenarà que et posem drets sobre els dos peus o en total suspensió i després et presentarà formalment el fuet i altres coses.Tots les Mestresses tenen permís per fer-ho.t'assoten tantes vegades com vulguin, des de les espatlles fins als dits dels peus, però per al teu penis, només ha d'usar un fuet... Recorda no plorar Peter o seran més dures amb tu. Entens Peter?

"Sí, Angela, entenc", li vaig dir, però tenia por de preguntar-li què significava "i altres coses".

"Esclau, vull que facis alguna cosa per mi. Suposem que acabes de rebre un cop, gira't cap a l'esquerra mitja volta. ARA!"

Vaig haver d'intentar-ho unes quantes vegades fins que ho vaig entendre bé, ja que la primera vegada vaig anar massa lluny i després no prou lluny en les properes vegades o giri del tot.

Després em van posar de puntetes i vaig haver de repetir el procés fins que ho vaig fer bé.

Mentre m'instruïen en aquesta tècnica de girat, Cindy havia col·locat una taula davant meu i sobre ella hi havia flagel·ladors de diversos tipus i colors i una gran peixera de vidre plena de pinces de fusta.

Angela després li va fer un gest amb el cap a Cindy perquè vingués al meu costat i després Angela es va dirigir als Mestresses.

Fotre, ella és molt bonica i també ho són Cindy i totes les Mestresses, vaig pensar quan Cindy va començar a acariciar la meva polla de nou per mantenir-la dur, suposo.

"Sigues valent Peter i aviat acabarà. T'estimo Peter", va xiuxiuejar.

CAPÍTOL V

Un calfred va recórrer el meu cos mentre estava allà esperant el meu destí, mantingut al meu lloc per Cindy mentre acariciava suaument la meva virilitat.

Recordo que mirava cap al llac i els velers que es dirigien a casa en un llit d'aigua cada cop més tranquil.

Els primers pensaments del capvespre van començar a consolidar-se i vaig saber que estaria fosc en menys d'una hora i em vaig preguntar on havia anat el temps.

"Prepareu-vos. Estan arribant", Angela va ordenar a Cindy quan vaig tornar a la realitat.

No havia notat el retorn d'Angela i quan em vaig tornar cap a ella, em va donar una forta bufetada a les natges i va deixar escapar una rialleta.

"A penes puc esperar per veure si aconseguiràs en la propera hora ja que és millor que posis a totes les Dames calentes i humides durant la teva presentació. Ara Cindy, posa a aquesta puta de genolls abans que siguin aquí. I Peter, recorda el que t'he dit".

El meu cos en forma d'àliga estesa es va recolzar als genolls amb l'ajuda de Cindy, ja que no estava segur de quina era la millor manera de posar-me en posició.

De genolls, vaig mantenir el cap baix, com ho va ordenar Angela, però sabia per la visió perifèrica que tenia i per les seves veus que ara estaven davant nostre.

"Senyores del Plaer del Dolor, els ofereixo al meu esclau, l'esclau Peter, per a la seva consideració. Si us plau, utilitzin-ho bé. Després de completar la prova del meu home sense valor, hi haurà un espectacle especial per a vostès que Angela ha preparat tan amablement Lady Samantha, si us plau, tingui l'amabilitat de començar la cerimònia".

Tots es van quedar callats davant meu i vaig poder escoltar la senyora Samantha quan s'acostava i fins i tot quan retirava les pinces del bol.

Una de les Dames després va dir suaument a una altra persona:

"Ah, l'agulló, ella ho posarà a prova".

Murmuris afirmatius a través de la reunió.

Quan ella estava davant meu, li vaig dir el que m'havia dit Angela:

"Saluts, senyora, sóc l'esclau Peter de la senyora Lucy".

"Aixeca el cap i mira'm, esclau", em va ordenar.

Mentre aixecava el cap lentament, vaig notar que a la mà esquerra sostenia dues pinces per a la roba ia la dreta sostenia un fuet de cuir vermell fosc.

El fuet es veia com un fuet curt, trenat, però al final tenia una longitud addicional de nou cues fetes de cuir gairebé de la mida d'una corda, cadascuna nuada al final.

'Quina merda', vaig pensar.

Tan ingenu com sóc, sabia que el fuet que sostenia no era el flagel·lador que l'Angela havia descrit.

Vaig mirar l'Angela i ella va somriure amb prou feines innocent i va arronsar les espatlles.

'Aquesta gossa aconseguirà el que busca algun dia'.

Sabia que em faria mal més del que havia explicat anteriorment, però ho prendria com fos demostrar-li a Angela que podia aguantar.

La senyora Samantha havia vist aquesta interacció i es va posar a riure.

"Senyores, sembla que a aquest esclau no se li va dir tot sobre el xou d'aquesta nit, però ell va acceptar ser aquí i aquesta serà una bona lliçó per a ell. Esperem un esclau desconcertat!"

Peter , esclau, estàs d'acord que estàs subordinat a totes les dones, que totes les dones són superiors als homes, que serviràs i obeiràs a totes les dones sense importar on siguis i que aprendràs a recolzar el moviment de Plaer del Dolor?"

"Sí, senyora Samantha, estic d'acord", vaig contestar.

"Saps qui sóc, esclau, i què faig?"

"Sí, senyora. Vostè té el seu propi bufet d'advocats a Maine que jo he fet servir, però només he tractat amb el seu personal".

"La nostra participació en aquest Grup ha de ser confidencial. Entens Peter i podem comptar que el mantinguem en secret?"

"Entenc que la senyora i jo sempre mantindrem tot confidencial".

"Has provat el dolç nèctar d'una deessa negra, esclau i ho vols fer?" ella va preguntar.

"Sí, senyora Samantha, ho desitjo".

Tan aviat com vaig esmentar aquestes paraules, la mà sostinguda pel fuet va anar a la part posterior del meu cap i la va empènyer cap al seu cony tot esperant que havia estat exposat per la seva altra mà en aixecar-se el seu vestit.

La meva llengua immediatament va buscar el seu clítoris, que estava calent, i nedant en sucs de sexe, i mentre el llepava, vaig sentir que s'enduriva i creixia.

Sense demanar permís, vaig girar el meu cap lleugerament, vaig obrir la boca que envoltava el seu sexe i vaig començar a absorbir-ho tot a un ritme cada cop més gran.

Per uns segons, ella va colpejar el seu cony a la cara i després em va empènyer bruscament.

"Ah, gossa", va cridar i va bufetejar la meva cara amb el fuet. "Lucy, ho has fet molt bé... no només el cos d'aquesta guineu està fet per servir-nos, sinó que crec que la seva ment també està a punt per servir-nos".

La senyora Samantha va fer un pas enrere i, mirant la seva esclava, Angela va dir: "A punt", i després li va donar les dues pinces per a la roba a Cindy.

Vaig ser aixecat completament del terra, completament suspès en aquesta salvatge postura d'àliga estesa, davant del cap d'aquest Grup de Plaer del Dolor.

Vaig notar que Cindy mirava una mica pensativa a les pinces de roba i després va procedir a posar-ne una al meu mugró esquerre i una altra al sac dels meus ous, cosa que va causar un gemec silenciós sortís dels meus llavis.

Mentre això passava, vaig mirar Samantha, que es veia increïblement salvatge per a mi i vaig sentir que la meva polla s'enduriva.

"¡Mireu, dames! La puta ja està presentant els seus respectes correctament davant meu".

Immediatament després de dir això, em va colpejar amb força la cuixa dreta i després una altra vegada a l'esquerre, cosa que em va fer lluitar en els meus lligams, però no emetre un so entre les meves dents atapeïdes.

"Angela, mitja volta per favor," va ordenar Samantha.

L'Angela llavors va assetjar a la meva oïda prou forta com perquè tots l'escoltessin.

"Torna't, puta gossa, i es ràpid".

Amb totes les meves forces, ràpidament vaig donar la volta el més suaument possible i tot el temps pensant en Angela i dient-me a mi mateix:

'Tindré aquesta puta per a mi'.

Segur que ella podria ser una mica més agradable en altres circumstàncies.

Quan vaig completar el gir, vaig mirar als ulls d'Angela i vaig intentar matar-la sense gaire èxit.

Després Samantha em va donar dues dures fuetades a l'esquena amb el fuet i després vaig saber per què es referien a ell com el fibló.

Era com si amb cada cop pogués sentir les nou cues del fuet entrant al meu cos, però, tot i així, tenia una sensació de formigueig que gairebé semblava exigir més.

Quan la meva lluita interior es va calmar, vaig sentir Samantha dir, "A punt, Angela?" i després vaig sentir un silenci de la multitud de dames reunides a prop.

Vaig abaixar la vista i vaig observar com l'Angela s'inclinava cap a mi i s'emportava la meva polla erecta a la boca, treballant-la fins que la va tenir com volia i després va aixecar la mà dreta.

En aquell moment, el meu món va explotar amb una sèrie de durs cops a les natges i les dents d'Angela prement la polla amb tanta força que vaig pensar que ella me la tallaria.

No vaig cridar, però els meus gemecs a través de les dents estretes sonaven com si mastegés terra.

Mentre lluitava en aquesta posició de total esclavitud, Angela va continuar mossegant-me el penis fins que la senyora Samantha va parlar:

"Angela, atura't d'una vegada. Seràs castigada més tard per aquest rampell. Quins dimonis estaves pensant dona?"

Després em vaig posar dret i, amb l'ajuda de la Cindy, em vaig tornar cap al Grup i una vegada més em vaig posar de genolls.

Mentre baixava el cap, la meva mestressa va parlar al grup:

"La següent serà la nostra convidada de fora del districte, la senyora Victòria, que va ajudar a establir el nostre Grup local. Senyora Victòria, per favor".

"Saluts, senyora, sóc l'esclau de la senyora Lucy," vaig dir quan ella es va parar davant meu.

"Aixeca el teu cap, noi! Saps qui sóc?"

Quan vaig aixecar el cap, vaig tornar a notar les dues pinces per a la roba, però aquesta vegada la seva mà dreta sostenia un petit fuet i el meu cor es va enfonsar, però no es va emportar la meva virilitat, ja que vaig estar dur d'alguna manera.

Vaig mirar cap amunt als ulls d'una dona madura que encara era molt bonica i tenia el cos d'algú molt més jove.

"Ets la senyora Victòria. He intercanviat correus electrònics amb tu quan em vaig unir al teu grup de rol, però mai vaig ser bo en això i em vaig rendir. Ho sento, senyora".

Honestament, esperava no haver-la disgustat mentre abaixava el cap.

"Aixeca i gira", em va ordenar Angela a mi.

Primer, li va donar les dues pinces per a la roba a Cindy, que, de nou després de mirar-les, va aixecar les celles i després va procedir a posar totes dues al meu penis: A la pell a cada costat dels ous a la base.

Després van venir cinc dures fuetades a la meva esquena i el meu darrere mentre gemegava i lluitava als meus lligams.

"Excel·lent, excel·lent", va declarar la senyora Victòria abans que tornés a la meva posició de genolls.

I així va ser, amb diferents càstigs de totes aquestes dones poderoses, cadascuna va ser convocada per la meva Mestressa.

Des de Nellie, professora de secundària, fins a Flora, actriu de telenovel·les, Jane, doctora, Jemina, professora d'Història, Rosie, artista en un Talent Show, Laura, propietària de l'estació de televisió que em va convidar a la seva illa .

Hi va haver dues excepcions que assenyalaré amb més detall, Clara, presentadora d?un canal de notícies per cable i Celine la noia del temps del mateix canal.

Quan van trucar a la senyora Clara, es va acostar picant-li a un gran fuet negre que penjava de la cuixa i es va aturar just davant meu gairebé tocant el meu cap inclinat.

"Saluts, senyora, sóc l'esclau Peter de la senyora Lucy", vaig tartamudejar una mica tremolós i amb por mentre seguia copejant el fuet a la cama sabent que podia veure la seva joguina.

"Aixequi el cap, senyor. Sap qui sóc?"

El senyor va ser dit de manera despectiva perquè tothom l'escoltés .

Quan vaig aixecar el cap, i el vaig mirar per primera vegada a la vida real em vaig adonar que era fins i tot més bonica que a la televisió.

Tenia un cos ben afinat per morir-se i el seu cabell era actualment ros fosc fins a les espatlles i, pel que havia llegit, el cervell superava la majoria dels homes.

"Sí, senyora Clara, ets un referent al Cable".

Quan vaig dir això, vaig notar que ella no estava parant atenció a res del que vaig dir, sinó que estava mirant Angela.

Vaig tornar el cap en direcció a Angela i vaig notar que estava mirant Clara i somrient i llepant-se els seus llavis.

"Aquesta noia també és bromista, divertida i li va tot", vaig pensar en Angela i suaument vaig riure a riallades.

Malauradament, la senyora Clara va pensar que m'estava rient d'ella i em va bufetejar.

"Senyora Lucy! Aquest porc teu s'atreveix a riure's de mi. Què farà sobre això?"

"Les meves disculpes Clara. Angela, pren les pinces i posa-les al bastard. Ara!" Ella va ordenar.

Quan Angela va anar a taula per les pinces, li va preguntar a Lucy què tan atapeïda desitjava que es posessin i la resposta de Lucy va ser:

"Quan ja no les puguis estrènyer més, estaran perfectes".

"Senyora Clara, espero que això compti amb la seva aprovació" Lucy va preguntar.

"Alça'l de puntetes!" Va dir la Clara mentre li donava les pinces a la Cindy.

Angela després li va ordenar a Cindy que tragués totes les pinces de roba dels meus mugrons i me les posés a la polla una vegada que em vaig aixecar en posició.

Cindy no em va mirar als ulls quan van retirar les quatre pinces per a roba i les van transferir a la meva polla i després les pinces de Clara es van col·locar als meus ous.

En aquell moment, el meu penis estava gairebé completament cobert a cada costat pels passadors.

Després, Angela, somrient i amigable, la gossa va fer el seu fort amb les abraçadores.

Cada abraçadora consistia en dues barres de metall planes amb cargols a cada extrem que s'havien de prémer a mà.

Després que s'afluixés cadascuna, va col·locar una abraçadora sobre un mugró amb una barra al damunt i sota, i després va fer que Cindy tragués el mugró per l'abraçadora mentre l'estrenyia.

Quan tots dos van estar subjectes, em vaig sentir una mica alleujat ja que només Cindy tirant d'ells causava algun tipus de dolor.

"Ara els collaré, gossa", va dir mentre tots dos ens miràvem l'un a l'altre.

A mesura que els estrenyia, el dolor era començava a ser insuportable.

Mai no havia sentit un dolor tan sever, però que em condemnen que no els donaria el gust de cridar perquè això és exactament el que Angela volia que fes.

Clara em va ordenar que girés, cosa que vaig apreciar perquè, després que totes les meves fantasies televisives amb ella s'haguessin trencat en saber que preferia el sexe oposat, no volia veure-la assotant-me i sentint la humiliació.

En realitat, els seus assots amb el fuet eren dolorosos però emocionants.

Seria per la meva humiliació?

Amb la senyora Celine, mai no arribem a la fase de flagells.

Després del seu acostament i la meva introducció, vaig mirar la seva bellesa i va somriure, i vaig dir que l'havia vist durant anys tots els caps de setmana mentre presentava l'informe meteorològic local i vaig deixar anar que n'estava enamorada i vaig pensar que es veia fantàstica.

"Vols provar la teva noia del temps, Peter?"

"Seria un honor, Mestressa," vaig contestar i després vaig procedir a col·locar el meu cap entre les cames mentre ella aixecava el seu vestit.

Estava calenta i humida i necessitava un orgasme.

La meva llengua va treballar dur al seu clítoris mentre bombava el seu cos contra la meva cara.

Quan va estar completament inflat, vaig poder sostenir-ho amb els meus llavis mentre la meva llengua el recorria.

No va passar gaire temps abans que ella gemegara amb un orgasme i els sucs d'amor cobrissin la meva cara.

Després va fer un pas enrere, va deixar caure el fuet i es va acostar a la meva Mestressa i li va preguntar de broma si em vendria a ella.

Després d'haver passat per les meves presentacions amb cadascuna de les Mestresses, em vaig agenollar amb el cap inclinat i vaig saber que la Senyora Lucy estava davant meu.

"Saluts, senyora Lucy. Sóc el teu esclau, el teu esclau Peter".

"Alça el teu cap esclau"

Quan ho vaig fer, vaig saber per què hi era aquella nit, ja que la seva bellesa era captivadora i realment l'estimava.

No sostenia cap pinça, però sí un petit fuet a la mà dreta, que vaig saber immediatament per què era, ja que a la mà esquerra sostenia una mordassa.

"Ben fet esclau. Aviat acabarà el teu judici i les dames van acordar permetre que se't posés la mordassa perquè puguis cridar quan sigui necessari durant la resta de la nit. Ara, Angela, posa-li la mordassa en suspensió frontal i completament atapeïda a aquest noi .

Angela va prendre la mordassa i sense cap suavitat la va introduir a la meva boca i va assegurar la mordassa amb força després d'empènyer el meu cap.

Les Dames van observar tot això, especialment quan em va ajudar a aixecar-me per les abraçadores i per primera vegada vaig poder cridar a la mordassa.

Em van deixar en suspensió total perquè tots ho veiessin.

Quan van ordenar a Angela que em tragués les pinces, les Dames van observar amb gran interès la meva reacció a l'extracció de cadascuna mentre cridava i lluitava tractant de consolar els meus mugrons.

Llavors Lucy es va acostar i es va aturar davant meu.

"Si us plau, Peter, demostra'ls a totes que ets el meu esclau. Ara trauré totes les teves pinces de roba amb la meva joguina i no gaire suaument. Tots estan observant la teva reacció al que faig, així que fem-ho bé".

Vaig assentir i vaig tancar els meus ulls decidits a no llançar un crit més quan les cues del fuet van començar a aterrar onsevulla que s'havia col·locat una pinça per a la roba, però la majoria estaven a la meva polla i pilotes.

Vaig gemegar i vaig lluitar intentant escapar del fuet fins que finalment es va aturar i vaig obrir els ulls a un somrient Mestressa.

"Ben fet Peter", va dir i després es va dirigir a les seves convidades. "Hi haurà un breu interval de temps abans de la presentació de La Suspensió Final. Podríeu, si us plau, acompanyar-me amb un got de vi gelat de la meva propietat mentre les noies preparen l'entreteniment final de la nit?"

"De què diables està parlant?", Vaig pensar.

La Suspensió Final? Em penjaran?

Després em van baixar a terra i em van dir que m'agenollés mentre Angela i Cindy s'ocupaven de preparar-se per a què: La meva mort?

Estava massa cansat per fer alguna cosa, fins i tot quan la barra pesada es va desconnectar del cable i la van col·locar darrere meu.

Quan vaig mirar la meva polla, la vaig veure penjant feblement i vaig saber que fins i tot el Viagra no seria gaire útil en aquell moment.

Sorprès, vaig observar com Angela i Cindy treien a la llum algun tipus de motor, que connectaven, al cable i després, després d'endollar-lo, ho provaven per assegurar-se que funcionava.

Després, la barra que subjectava les cadenes als punys del meu canell estava enganxada a la part inferior del dispositiu i tot es va hissar aixecant-me fins que em van tornar a suspendre.

Aquesta vegada, van afluixar la barra de separació als meus turmells i me la van treure quan em van baixar als meus peus.

Cindy després va col·locar pesades esposes de cuir a les meves cuixes just per sobre dels genolls i quan totes dues estaven cordades amb força, em van baixar a una posició asseguda.

Em vaig sentir adormit per tot arreu i no vaig témer cap altre intent d'infligir-me dolor.

Després, es va lligar una cadena de cada maneguet de la cuixa a la barra superior i es va prémer fins que va semblar que estava assegut amb les cames obertes, mentre el cable m'aixecava fins que estava a uns cinc peus sobre el nivell del terra.

"Cindy, provem això abans de l'actuació final".

Angela ho va esmentar en veu baixa i després va prendre un cable elèctric connectat al dispositiu que estava sobre mi.

El que semblava una caixa de control d'alguna mena estava connectat al cable pel qual Angela va començar a passar els dits.

Primer em van girar en el sentit de les agulles del rellotge i després en sentit contrari a les agulles del rellotge en girs complets a diverses velocitats i després també em vaig sacsejar cap amunt i avall.

Satisfeta, Angela va ordenar a Cindy que preparés l'última peça, que vaig observar des de dalt.

Van portar un pal rodó d'acer pesat, que tenia més de quatre peus de llarg a una posició directament sota meu i el van cargolar en el que vaig pensar que era un orifici de drenatge incrustat en concret al nivell del terra.

Després d'assegurar-se que estava atapeït i sense moviments solts, Angela va prendre un con d'acer inoxidable d'una caixa i va començar a cargolar-lo a la part superior del pal de metall.

En aquell moment, tot això estava succeint directament sota el meu cos, així que vaig tenir una bona visió del que s'estava fent i del que vaig pensar que passaria, el que va donar inici a una sessió de lluites dures de part meva ja que no volia formar-ne part.

Angela immediatament va agafar la base de les meves pilotes, va prémer i va colpejar la bossa dels ous, que sostenia, tan fort com va poder amb el seu puny dret, cosa que va provocar que cridés dins de la mordassa, ja que tot el que vaig veure era taques negres brillants davant dels meus ulls.

"Prou, Peter o et seguiré copejant fins que et desmais. Entès?" Va preguntar Angela.

Vaig aturar-me, però per dos motius, un dels quals era l'amenaça d'Angela i l'altre era el fet que el meu cos estava tot esgotat.

No podia aguantar més perquè la suspensió m'ho impedia i vaig saber que, per la resta de la nit, simplement penjaria aquí aguantant el dolor.

Vaig intentar recuperar l'alè mentre observava el con més de prop.

Tot i que era difícil dir-ho, la part superior estava arrodonida i semblava tenir al voltant de mitja polzada de diàmetre.

Aquest augmentava al llarg d'unes deu polzades de longitud fins a un diàmetre d'unes dues o tres polzades a la base, que em va semblar uns deu peus.

Cindy després ho va cobrir tot amb una gruixuda capa de lubricant i després, col·locant una quantitat substancial a la punta dels seus dits, va començar a fregar-me l'anus amb això.

Ella es va posar a riure mentre escopia intentant introduir-me els seus dits, cosa que de sobte va acabar dins meu causant-me panteixar i gemegar.

Mentre atenien el meu darrere, Angela va connectar un reproductor de CD i va provar ràpidament la seva cançó escollida per a aquest fotut esdeveniment creat per ella, que esperava tornar-lo en espècie algun proper dia.

Vaig reconèixer la música immediatament... i vaig saber que el seu ritme lent faria que totes les Dames s'emocionessin, però em causaria molt de dolor.

El reproductor de CD també es va adjuntar a la caixa de control del dispositiu.

Angela havia pregravat els primers compassos instrumentals de la cançó i ara la va tocar per cridar l'atenció de les Dames per indicar que estava a punt.

Vaig veure com les Dames van venir i es van aturar en un semicercle al meu voltant a uns cinc peus de distància i vaig veure Angela saludar la Senyora Lucy mentre apagava la música.

"Senyores, aquesta és una breu presentació que se li va acudir a Angela i que ella anomena La Suspensió Final.

El meu esclau Peter no en va ser informat fins fa uns minuts i és una bona manera perquè el meu esclau sàpiga que sempre ha d'esperar allò inesperat.

"Pots continuar Angela". Lucy va dir.

"Gràcies senyora", va respondre Angela. "Espero que gaudeixin de l'espectacle que jo anomeno La Suspensió Final i que tots els homes haurien de suportar per la presentació al Plaer del Dolor".

Després, Angela va girar i es va dirigir a la caixa de control i va encendre alguns interruptors, cosa que va fer que Cindy baixés i guiés el meu cos cap al con, que va entrar uns primers centímetres del meu cul.

Vaig cridar a la mordassa davant aquesta penetració i al mateix temps vaig notar que totes les Dames s'havien agafat dels braços i estaven observant atentament aquesta humiliació del meu cos.

Aleshores va començar la música i durant el primer minut el meu cos va ser pujat una polzada i va baixar una o dues polzades i va tornar a pujar i va tornar a baixar tot el temps al ritme de la música.

Les Damas, braç a braç, semblaven estar movent-se també al ritme de la música tan bé com podien fer.

També vaig escoltar que cridaven coses com "Això hauria de succeir a tots els homes", "les dones governen", "els homes són escòria", "visca el Plaer del Dolor ", amb crits i picar de mans per a tota la cançó.

Sabia que la gossa Angela seria ben recompensada per això, però no hi havia res que pogués fer sinó simplement estar-hi cridant cada vegada que em penetraven en un territori verge per a mi.

Durant el segon minut de la cançó, devia haver estat penetrat tres o quatre polzades ja que ja no em movia cap amunt i cap avall, sinó que ara el con estava girat en petits moviments cap a l'esquerra i cap a la dreta.

Després l'últim minut... va ser un en què vaig cridar durant tot el minut, minut infinit que em va semblar.

No només va augmentar el gir del con, sinó que també ho va fer el moviment cap amunt i cap avall.

Solament vaig poder sentir rugits d'aprovació de la multitud i vaig saber que estava començant a perdre la consciència amb cada batec i finalment, amb el final de la cançó, el gir es va aturar i el meu cos es va deixar caure sobre el con; el meu pes baixant-ho tot el que podia.

Aleshores vaig cridar més fort del que mai havia fet a la meva vida i després em vaig desmaiar.

* * *

Quan vaig despertar, estava sol... no hi havia ningú allà.

El dia s'havia convertit en nit, però els llums de la casa i de la finca proporcionaven prou llum per veure on era.

En estar estès sota l'estructura de la forca, algú havia fet una manta sobre el meu cos i mirant al meu voltant, no hi havia indicis que alguna vegada hagués tingut lloc una sessió de cap mena.

Ho hauria imaginat tot?

Aquest pensament va canviar quan vaig intentar moure'm i vaig sentir tots els dolors dins del meu cos.

Estava lliure dels meus lligams i mordassa, nu a la pastura i no tenia idea de què fer.

Música i rialles van venir de la casa, però no en volia saber res i lluitant per aixecar-me, em vaig dirigir a l'edifici de l'entrada on havia estat preparat.

Vaig ensopegar per l'edifici i vaig trobar el meu camí cap al meu cotxe, al qual vaig entrar ràpidament i vaig voler arrencar-lo, però no vaig poder trobar les claus.

"Fora del cotxe noi!"

Vaig aixecar la vista i vaig veure la Cindy vestida amb una brusa blanca i una faldilla curta.

Sense sostenidor, Déu és bella, vaig pensar, però sabia que no podia fer res en aquest moment.

"¿Em vas sentir noi? Sal de l'acte ara. Els homes han d'obeir totes les femelles i això significa que Peter, ara t'aniràs a la merda d'aquí a la interlocutòria".

Estava massa cansat per discutir o sabia el meu lloc al grup?

De tota manera, vaig sortir del meu cotxe i vaig veure Cindy tendint-me la roba perquè me la posés.

"Hey, aquesta roba és meva! "D'on vas treure tot això?" Vaig preguntar.

"Només posa-te-la i munta't a la interlocutòria, he de portar-te a casa i cuidar-te. La senyora Lucy estava preocupada pel teu benestar".

Estava massa cansada per dir alguna cosa i agraït que algú em portés a casa.

Cindy va estacionar a una banda de l'entrada, sense triar entrar o obrir el garatge.

Els llums estaven encesos a la casa i vaig saber que no m'havia deixat cap encesa així que em vaig adonar que havien pres les meves claus i havien preparat la casa en algun moment durant la nit.

Després que ella em va ficar a la casa, la Cindy em va portar al bany i em va fer entrar a la dutxa, on va entrar amb mi.

Ella em va rentar, mantenint-me a prop seu... se sentia tan suau i tan bé que vaig saber que d'aquí poc el meu cos tornaria a la normalitat.

Mentre l'aigua esquitxava sobre nosaltres, vaig sentir un soroll fort a la zona de l'habitació.

"Què va ser això? Hi ha algú més aquí?"

"Relaxa't Peter. Això va ser només el sistema de refredament central o una cosa així. Vas tenir un dia difícil. Ens assecarem i tombarem al llit".

Ella suaument em va arrossegar i em va eixugar besant el meu cos on estava dolgut o marcat i, finalment, em va fer un fort petó als llavis amb la seva llengua semblant fer massatges a la meva.

Oh déu, ella m'està excitant.

Despulleu- vos, vam marxar del braç a l'habitació de convidats, que tenia tots els llums encesos.

Em vaig imaginar que la Cindy ho havia fet.

Quan vam entrar, em va sorprendre veure la mestressa Lucy nua al llit usant només una tanga negra.

"Ah, aquí hi ha els meus dos esclaus. Tots dos llueixen fantàstics. Vinga, Cindy i uneix-te a mi. No, no tu, Peter, no vull esclau. No es requeriran els teus serveis aquesta nit, així que veu a l'habitació principal ara!" "

El meu cor va caure més baix que mai en sentir les seves paraules i amb el cap baix, vaig anar a la meva habitació.

Estava fosc, així que naturalment vaig encendre la llum i allà al pis de l'habitació hi havia Angela!

Estava nua amb punys de metall als canells tancats darrere de la seva esquena i també als turmells i aixecada en una posició submisa en tenir el seu llarg cabell lligat amb una corda que estava fortament lligada als turmells.

Una mordassa contenia els seus crits ofegats quan em va veure assimilar la seva bellesa i en adonar-se del que passaria a continuació.

Al costat hi havia un petit fuet de cuir amb una sola cua trenada que semblava un fuet de toro en miniatura ia sobre hi havia una nota.

La nota era de la senyora Lucy i senzillament deia:

"Recorda Peter, sempre espera el que és inesperat".

Quan vaig aixecar el fuet, la meva virilitat va tornar amb força i vaig saber des d'aquell moment que mai no deixaria de pertànyer al Plaer del Dolor.

EL DESIG DE SANDY

"T'espero a l'habitació de sempre de l'hotel aquesta nit, et necessito".

Sandy penja el telèfon a Sam, anticipant nerviosament la seva gran nit.

Mai no ha pres mesures tan audaços amb cap altre amant.

Encara que era exigent i famolenca com un lloba , cap home no ha tocat les seves passions més profundes com ho fa aquest amant.

I quan ella temptativament li ho comenta, per a la seva delectació, ell és receptiu a això.

La seva ment es va tornar boja.

Pot aquest amant realment donar-li allò que ella anhela?

A la seva rutina diària, Sam és un home poderós i reeixit, un home que al seu món tots s'aturen a escoltar-lo.

I al seu món, la Sandy és una mare casada suburbana tranquil·la, també escoltada, però només per fills petits.

Ella desitja control i respecte gairebé tan fortament com ell desitja que algú ho cuidi.

Algú que assumeixi la responsabilitat.

Algú per alleujar la pressió d'estar sempre a càrrec.

* * *

Sandy es para davant de la porta de l'habitació de l'hotel, sabent que ell l'espera endins.

Nerviosa truca a la porta.

Invocant el seu coratge i recordant-ne les fantasies, interpreta el seu paper una mica.

"Obre la porta ara mateix, o me'n vaig a casa".

Sam somriu en escoltar la veu del seu amant ordenant-li.

Gairebé pot escoltar el riure musical que acompanya la major part del seu discurs, sabent que ell a la seva vida, en general, la fa riure i això en particular és un canvi de ritme per a ella pel que ha d'estar explotant d'alegria.

Quan la porta s'obre, evita un somriure.

Ell somriu i els seus ulls travessen els d'ella en un intent involuntari de lluitar pel control de la situació.

"No aquesta nit, Sam. No aquesta nit. Aquesta nit estic a càrrec jo, no tu. Treu-t'ho tot i veu al llit. Ara mimo o me n'aniré".

Sandy pronuncia aquestes paraules amb confiança creixent.

La seva veu ressona fermament.

Dempeus, amb els peus fermament plantats a terra, la Sandy el veu despullar-se.

Cada peça de vestir que es treu revela una mica més del seu físic increïble.

WOW.

Com li agrada.

"Ara estira't al llit. I No et moguis, Sam, o me n'aniré. Ho dic de debò".

Sandy sona seriosa i ferma, el primer exercici de control, i amb l'emoció creixent a cada minut.

Es fica al llit al llit, la seva masculinitat, de moment fluixa, va creixent lentament, creant una línia perpendicular al seu cos estirat.

"Els teus ulls en mi. Mira'm".

Sandy està dreta als peus del llit, amb el seu amant nu davant seu.

Mentre es treu molt lentament, i deliberadament, cada peça de vestir.

Tirant lentament de la samarreta sobre el cap, s'atura davant seu.

El seu escot sobresurt de les copes del sostenidor negre tractant, feblement, de mantenir els seus pits al seu lloc.

La seva prima cintura està coberta per una cotilla negra, lligada a la part davantera per emfatitzar els seus revolts.

Lentament es treu la faldilla, centímetre a centímetre, revelant una diminuta tanga de comptes negres i amb delicats llaços, també negres, a cada maluc.

Girant-se perquè ell miri la seva esquena, lentament es descorda el sostenidor perquè els seus pits es balancegin lliurement sobre la cotilla, alliberats de la seva presó temporal.

Sandy sospira amb delit.

Amb l'esquena cap a la seva amant, gira el cap sobre la seva espatlla i li torna a advertir:

"No et moguis".

Girant-se, lentament, i exposant els seus deliciosos pits cap a ell, porta la sustentació a les mans.

Llançant-se'l cap al llit, cau sobre el genoll.

L'encaix del sostenidor li fa pessigolles al genoll i comença a ajupir-se per treure'l.

Sandy ho mira severament:

"Aquesta és la teva primera advertència. No et moguis. Saps molt bé el que passarà si ho fas".

Mentre lluita per quedar-se quiet, sent que el sostenidor l'està incomodant, fent-li pessigolles al genoll.

Cada vegada és més conscient de la seva presència.

La seva pell formigueja de desig de gratar-se.

Mentre les seves mirades se segueixen trobant, Sandy llença lentament dels llaços dels costats de la seva tanga negra, deslligant-la.

Mentrestant, cau a terra, amb la resta de roba.

Dempeus, ja totalment nua, excepte la cotilla, Sandy aixeca lentament el seu genoll esquerre des del peu del llit fins al matalàs, a punt d'arrossegar-se cap a ell.

Alçant l'altre genoll, ella és als peus.

Amb les mans estirades cap endavant, el seu cos es balanceja lleugerament amb una luxúria incontrolada.

Ella es balanceja sobre els seus genolls, imitant el seu desig de muntar la seva polla dura, mentre mira amb luxúria els ulls.

Sam jeu allà, disposat a mantenir les mans als costats, lluitant contra l'impuls de prendre el control d' aquest bella gateta sexual al peu del seu llit.

Es recorda a si mateix quant de temps han esperat per consumar aquesta fantasia correctament, i vol complir-la fins al darrer detall.

Es recargola impacient, recordant-se a si mateix que, si es mou, arruïnarà aquest deliciós joc.

La seva polla es manté ferma en latenció i Sandy no pot evitar observar com absolutament desitjable es veu.

Llepant els seus llavis suggestivament, es troba amb la seva mirada, notant la suor que es forma al seu llavi superior.

Mentre ell lluita per seguir els seus desitjos per a aquesta nit.

Ella s'atura i s'adona que la seva sustentació encara li frega el genoll, sabent que el material de la tela li ha d'estar tornant boig.

Afortunadament per a ell, ella ho aixeca del seu genoll.

Però després passa la tela de malla i encaix lentament per la cuixa, sobre el seu engonal, acariciant lleugerament la seva pell, fins que finalment la llança darrere seu al munt de roba rebutjada al peu del llit.

Lliscant el seu cos amb gràcia, ella acosta la boca a centímetres de la d'ell.

Mirant els seus llavis, ella sap que aquesta és la boca que ella fa un petó amb passió crua, amb tanta gana.

Ella sap que ell està lluitant contra els seus desitjos més forts de no quedar-se quiet i devorar-la amb la boca.

Asseguda sobre el pit, recolzant el cos amb les fortes cames, el conyit desitjós i la pell exuberant freguen el tors.

A rialles sobre ell, ella li pregunta suaument:

"T'agradaria provar-me?"

Tremolant, sabent que han intercanviat completament el poder aquella nit, només pot assentir.

En resposta al seu assentiment, Sandy passa el seu dit mitjà sobre la seva raja gotejant, aixecant lleugerament, perquè la miri.

Amb el dit brillant amb els sucs, s'ho passa per sota del nas, sense tocar la pell.

"Pots olorar-me, Sam?"

De nou assenteix.

"T'agradaria provar-me, Sam?"

Sandy absorbeix completament el seu paper d'estar al càrrec i gaudeix de temptar-lo i burlar-se'n, sabent que al final de la nit, hauran experimentat una cosa completament nova.

Sandy toca amb el seu dit el tremolós llavi superior d'ell, alimentant-lo amb els seus sucs com un oasi al desert.

En passar el dit sobre els seus llavis, ella s'inclina cap endavant, de manera que els seus pits es balancegen i freguen el pit mentre ho fa.

Treient la llengua, llepa només els seus llavis, compartint els seus sucs, assaborint els seus llavis, refrenant-se per no devorar-ho, sabent que una vegada que la besi, perdrà el control que tant ha treballat per aconseguir.

Amb els llavis tensos en tocar, Sandy recupera ràpidament la seva lleu pèrdua de compostura.

Ficant el seu dit entre les seves dents, ell llepa la seva essència.

Els seus ulls i els d'ell mai no se separen i amb la seva mirada ja s'han follat milers de vegades abans que les parts dels seus cossos fins i tot convergeixin.

Lliscant una mica pel seu tors, el seu darrere juga amb la seva polla erecta mentre les seves natges emboliquen la seva palpitant virilitat que s'esforça per empènyer entre les cames.

Ella continua lliscant cap enrere, la seva càlida flor calenta frega la punta de la seva vara dura, temptant i burlant-se'n amb la seva calor.

Ella llisca per les cames, que ell lluita per mantenir quietes, fins que la seva boca aconsegueix la seva erecció massiva.

Lentament lliscant la punta de la seva llengua entre els seus llavis, Sandy li llepa el cap, però res més.

La seva amant s'esforça per empènyer profundament a la gola, però ella es nega a sucumbir al seu desig de tancar-lo amb la boca.

En canvi, ella ho turmenta lentament, només llepant com un con de gelat, assaborint el cap arrodonit de la seva polla.

"Vols més, Sam?" Sandy pregunta dolçament.

"Uh huh", una resposta escanyada emergeix de la gola.

"Necessito que demostris el que vols. Mostra'm el que he de fer amb la teva boca".

Quan Sandy diu això, llisca el seu cos cap amunt des de la seva polla cap a la boca, on planta el seu cony degotant al costat de la boca.

"Mostra'm com t'agrada ser llepat. Necessito aprendre i només tu saps el que més necessites".

La Sandy s'asseu a orques directament sobre la boca, mentre agafa el costat del seu cap amb les dues mans, guiant el cap cap endavant per posar la boca i el cony en contacte directe.

"Menja'm. Mostra'm quant m'estimes".

Quan ella li ordena que faci això, Sandy deixa anar el seu cap i es recolza sobre els seus braços, apropant el seu cony a la boca.

Fent el cap enrere en èxtasi, s'adona que la seva amant novament està gaudint totalment del seu joc de rols mentre ell dóna voltes amb gana al seu cony, sabent què, si fa una bona feina, les recompenses seran immenses.

Passant la seva llengua sobre els seus llavis, obrint la seva flor, succionant el seu clítoris, alternativament se sent més increïble a la boca famolenca.

Ell continua llepant-la fins que la seva excitació li baixa per la barbeta.

Ell l'assoleix per agafar els seus malucs i ella retrocedeix ràpidament.

"Et vaig dir que no et moguessis. Aquesta és la teva segona advertència".

Mentre retira ràpidament el seu cony de la boca, observa la mirada perplexa als ulls de la seva amant.

Incapaç de romandre completament en el paper, Sandy s'inclina cap endavant i li llepa els sucs amb tendresa de la cara, besant les galtes i mirant-lo als ulls perquè comprengui que ella realment està jugant el joc, però que res realment l'allunyarà de ell.

Després que ella li llepi la boca, el recordatori de la seva pròpia excitació gairebé fa que perdi el control.

Tremolant per mantenir el seu paper, ella s'allunya ràpidament d'ell novament i es baixa del llit per mirar el seu amant ficat al llit allà, esperant el seu proper moviment.

La seva polla brilla on ella va llepar el cap, però ella nota una petita gota de líquid preseminal empenyent des de la punta.

"Sam, sembla que estàs molt emocionat. Pots explicar-me sobre això?"

"M'estàs tornant boig, Sandy. Aquesta és la tortura més dolça que he conegut".

"Bé, Sam, la paciència té les seves recompenses i vull que tots dos aprenguem alguna cosa. I no estic a prop d'acabar amb tu".

Mentre diu això, ràpidament se separa del llit i s'inclina per donar a la seva amant una vista del seu cul meravellosament arrodonit.

Gim luxuriosament, sabent que només ha de mirar.

Treu alguna cosa a la bossa i es gira sostenint un petit objecte, però amb el puny atapeït, òbviament, perquè no està a punt perquè ell vegi.

"Tanca els ulls", li ordena.

Cada part de la seva força de voluntat es posa a prova ja que les úniques restriccions i prohibicions que ells usen per a aquest joc de rols són purament mentals.

Ell ha triat no moure's ni obrir els ulls, simplement perquè Sandy ho ha sol·licitat.

Ell sent que el seu cos es col·loca al costat del seu i el matalàs es mou lleugerament, ja que ella deu haver-se assegut al costat.

La seva petita mà toca el cap de la seva polla, el dit fregant el líquid preseminal al voltant de la part superior.

"Sam, sembla que estàs a punt per explotar. Però jo estic a punt per això. Però no et preocupis i no obris els ulls ni et moguis".

El silenci és ensordidor ja que l'únic so a l'habitació és la seva respiració cada cop més laboriosa.

Sandy agafa la seva polla amb una mà, i amb l'altra llisca alguna cosa sobre el cap, un fred anell de metall que fa que un calfred recorri el seu cos i li faci tremolar l'esquena.

Llisca l'anell fins a la base de la seva polla, i la seva pulsació es contrau.

Immediatament, se sent cada cop més fort i inflant-se.

"Obre els teus ulls."

El seu amant obre els ulls i capta un centelleig de metall i un coixinet a la base de la seva enorme erecció.

"Un anell per a la polla, eh?"

"Aquesta és la meva comodí de seguretat, Sam. Tinc moltes coses a fer amb tu i no vull que això acabi abans de començar. Pots sentir-ho?"

"Sí, està ajustat".

"És incòmode?"

"No, només diferent".

El seu amant s'empassa saliva, amb una mica de nerviosisme, per no haver fet servir mai cap tipus de joguina per a adults.

"El rodament està dissenyat per donar-me plaer. A veure com se sent. Queda't quiet".

Sandy està gaudint del seu joc de control i la seva excitació comença a estar en un punt àlgid.

Els seus sucs calents flueixen lliurement, per la qual cosa tot el que ha de fer és muntar-lo, a orques, i baixar sobre ell, que l'omple immediatament amb la seva enorme polla.

S'inclina cap endavant fent que el rodament rodi sobre el seu clítoris.

El seu cos immediatament escalfa el fred metall i pressiona suggestivament contra el seu punt màgic mentre ella es balanceja cap endavant.

El seu membre arquejant-se lleugerament mentre ella s'estreny al coixinet.

Li agafa les nines amb les petites mans, encara que qualsevol tipus d'immobilització és merament simbòlic, ja que ell podria vèncer-la fàcilment.

El seu joc no és realment sobre el poder.

Simplement es fa passar per l'agressora, l'heroïna conqueridora.

Amb una astuta picada d'ullet de comprensió tàcita entre ells, el seu plaer mutu s'intensifica.

"Això és el que vull, Sam. Pots sentir-me? Pots sentir com em poses de calent?"

Sandy es mossega el llavi inferior mentre pressiona més fort.

Les parets de la seva vagina es tiben, agafant el membre de Sam amb dominació possessiva.

Ella s'aixeca més alt, prement el seu membre mentre ell sent que l'anell de la polla restringeix la seva excitació, fent que es posi més dura.

Sam fa una ganyota ja que el seu instint és llançar els malucs salvatgement cap a les profunditats dels seus encants femenins.

Però recordant que ja té dos advertiments, lluita per contenir-se.

Sandy llisca fins a la part superior de la seva polla, amb només el cap dins seu i se senti perfectament quieta, preparada per alliberar-lo o envoltar-lo.

El moment de tensió es perllonga quan Sandy roman perfectament quieta.

"Sam, estàs gaudint això? T'agrada com juga el teu amant? Pots seguir-me una altra vegada?"

La burla juganera de Sandy emociona Sam quan s'adona que pot creuar la línia només una vegada.

En lloc de respondre-li, aixeca els malucs i enfonsa el seu palpitant membre ple de virilitat.

El coixinet de l'anell de martell roda sobre el seu clítoris i ell somriu juganerament,

"Tres advertiments m'envien a la banca?"

Sandy s'estremeix per un moment, disposada a mantenir el control i torna el somriure a Sam:

"Analogia de beisbol, eh? Jo diria que això és un avís de falta. Anem a buscar un altre llançament".

Sandy continua subjectant el canell de Sam amb una mena d'agafada falsa mentre se separa a contracor.

Mirant-ho, de sobte la premissa del joc perd importància.

Ella vol que aquest home empenyi dins d'ella i perdi per moments la seva força de voluntat.

"Crec que necessito consultar amb el llançador", afirma Sandy, mentre manté viva l'analogia del beisbol, però s'inclina per besar Sam.

Prement la seva boca contra la d'ell, ella gemega luxuriosament, mentre el joc de rols s'evapora ràpidament.

Sense alè, ella se'n separa.

"Folla'm ja. Aquesta és la meva ordre, Sam".

Sam somriu a la seva Sandy i dóna un sospir d'alleujament.

"Amb aquesta cosa o sense?"

Sam assenyala l'anell de la polla amb curiositat.

"Amb això, fins que estiguis a punt d'arribar al clímax, llavors t'ho trauré".

La Sandy es gira a l'esquena i obre les cames amb una invitació seductora.

"Sam, recorda que encara estic al càrrec, i vull que em follis amb la teva boca".

"Amb molt de gust, la meva estima. Amb molt de gust. Ara és el teu torn de quedar-te quieta".

Mentre Sandy obre les cames, Sam es col·loca entre elles i fa voltes famolenques amb la llengua entre elles, sentint el nèctar. lliscar sobre la seva llengua, que flueix agraït per la seva excitació.

Mentre li llepa la seva flor oberta, passejant-se al seu voltant, Sandy gemega amb un anhel de desig primitiu.

Sandy es perd a les sensacions de la llengua de Sam i flota a un lloc molt allunyat de la seva habitació d'hotel.

Agafant el cap, ella el convida en silenci a unir-se al seu viatge extàtic.

Sam mesura les respostes i sap que està a la vora del seu orgasme.

Ell llisca cap amunt el seu cos, el seu sabor encara als seus llavis.

Mentre empeny la seva polla dins d'ella, la besa a la boca profundament.

En entrar-hi amb facilitat, Sam sent que les seves parets tremoloses l'envolten.

Ella sent el seu anell contra el seu clítoris mentre Sam empeny una vegada i una altra, mostrant-li que se'n necessiten dos, no un, per fer l'amor.

Ella doblega les cames cap enrere fins que descansen sobre les espatlles de Sam, i ell la penetra del tot.

El seu cos n'està ple , el clítoris el fa pessigolles i sent cada profunditat de la seva feminitat.

Sam consumeix la cara, el coll i les espatlles amb els petons.

"Oh Sam"

Sam accelera el seu pas, sabent que la seva Sandy és molt a prop del clímax.

Ella comença a regirar-se i ell recorda la premissa de la nit.

"Estàs llesta, la meva mestressa?"

"Ho estic."

Detenint-se per un moment, Sam es retira novament de Sandy.

Ella agafa la seva polla, saturada amb els sucs, i roda l'anell de la polla cap amunt.

La bola de metall arrodonida traça un camí invisible al llarg de la polla.

Sostenint l'anell brillant al palmell, somriu al símbol del seu èxtasi mutu.

Sandy s'emporta l'anell a la boca i llepa la circumferència, sense apartar mai la mirada dels ulls de Sam.

Sostenint l'anell entre les seves dents, s'inclina cap a Sam mentre ell el treu de les dents, només per llançar-ho sobre el llit.

"Ets tan bonica que res no pot evitar que vulgui estar dins teu, en tots els sentits".

"Pren-me, el meu amant".

Sense més paraules, Sam empeny la seva furiosa erecció a la famolenca obertura de Sandy.

Ella el rep a dins pràcticament amb un crit de benvinguda.

Repetidament ell l'empeny salvatgement, una vegada i una altra.

Sandy gemega de passió incontrolable.

" Mmmmmmmmmmmmm , Sam. Oh afecte. Així, així, més fort, asiiiiiiiii ".

"Oh baby, Sandy, t'estimo tant".

"Anem Sam, més dur".

Sam fa una pausa per un moment, traient-se de la calor de Sandy.

"Sandy, estic llest per explotar. Estàs a punt?"

"Estava llesta per a tu en el moment en què vas entrar, Sam".

Quan Sandy diu això, s'ajup, guiant a Sam de tornada a la seva ansiosa obertura.

Amb un moviment ràpid, Sam empeny cap a Sandy i estreny les dents.

Enterrant el seu palpitant polla profundament-hi.

Ella gemega com una dona que de sobte s'ha omplert de tot el que necessita.

"Oh Sam, la tens encara enorme per a mi".

"A què el teu marit no te la té així de preparada per a tu. M'he estat mentalitzant tota el dia . Em va encantar veure't prendre el control".

"És cert no en té així, i m'encanta compartir el que tens amb mi".

Els amants deixen de parlar i comencen a moure's més ràpid, tots dos tan perillosament a prop del seu clímax.

Sam empeny repetidament i Sandy s'aixeca per trobar-se amb cadascuna de les seves empentes mentre ballen el vals de l'alegria primitiva.

"Oh Sam, talli't amb mi... ja sóc allà..."

Sandy panteix i es recargola mentre el seu rostre es contorsiona amb una passió incontrolada mentre onades de músculs contrets s'apoderen del seu interior i irradien plaer a través del seu cos.

"Oh Sandy ..."

El cos de Sam es posa rígid i la pren amb els braços mentre transfereix tota la seva energia de la seva polla polsant al cos acollidor de Sandy.

La seva llet flueix cap a ella, mentre el suc flueix al voltant del seu polló, en un èxtasi líquid.

Col·lapsant tots dos sense alè sobre el matalàs, es prenen de les mans mentre els seus batecs es desacceleren.

"Això va ser molt millor que les pólvores ràpides habituals, no creus?" Sam somriu perversament a Sandy.

"Oh, sí, i el que el meu marit sortís de viatge va ser d'ajuda. Així vam poder gaudir millor de la nostra habitació".

"Bé, afecte, realment no volia gastar tota la meva passió acumulada per portar la meva dona al llit. Volia donar-t'ho tot a tu".

"I jo volia que m'ho donessis tot a mi. Diria que vam tenir el nostre desig, oi?"

"Sí. I encara tenim temps per a més ja que la meva dona no m'espera a casa aviat..."

"Genial! Haurem de posar dura de nou a aquesta polla tan saborosa" Va dir Sandy mentre s'ajupia per tornar a llepar-li el pollastre...

APOCALIPSEX ZOMBI

La millor part de l'apocalipsi zombi?

Les noies t'ho agraeixen quan salves les vides.

Ho dic de debò.

Realment ho fan, fins i tot si tens un paio com el meu.

No sóc el tipus més alt de la ciutat ni el més intel·ligent ni el més maco.

Sóc el més normalet que pots aconseguir.

Mesuro un setanta d'alt.

Tinc els cabells castanys llis que em deixo curt.

No és caoba ni cabell castany.

No és llarg ni ondulat ni especialment brillant.

És marró, com una típica caricatura marró.

Tampoc no sóc gros ni flac.

Només estic, dimonis, no ho sé.

Fora de forma?

El millor exercici que he fet a la meva vida va ser balancejar l'espasa medieval que vaig comprar en un Festival del Renaixement fa un parell d'anys.

Maledicció, m'encantava donar voltes a aquesta noia dolenta.

Fins i tot comprava síndries, les recolzava en un pal de la tanca i les tallava amb un autèntic guerrer medieval.

Ho admeto.

Al meu cap, sempre he estat una mica dolent.

Qui es podria imaginar que tot aquell moviment de l'espasa algun dia em seria útil?

Però res d'això va ser suficient per salvar la meva mare o la meva germana.

Suposo que hauria de dir que tampoc no vaig poder salvar el meu pare.

Però és curiós dir que no el vaig poder salvar, quan vaig ser jo qui li va tallar el cap.

Sí, això fa pudor.

M'agradava el vell.

Estava esmolant Excalibur, així vaig trucar a la meva espasa, sobre els genolls quan ell va entrar a la meva habitació.

Em vaig adonar que alguna cosa anava malament.

Estava cobert de sang per tot arreu, que després vaig saber que era de la mare.

No vaig veure on estava mossegat, però no va importar.

Ell va grunyir, com a les pel·lícules.

Era un soroll profund i gutural que sonava com si vingués d'un animal en comptes d'un humà.

Va trontollar cap a mi, amb les mans cobertes de sang esteses i ho vaig saber.

No sé com ho vaig saber, només ho vaig saber.

Així que em vaig posar dret, vaig cridar alguna cosa com "Enrere!"

Com que ell no va reaccionar, vaig balancejar l'espasa.

El meu primer assassinat.

El pare.

Mort i mort de nou.

Després de vomitar, em vaig sentir bé.

Vaig córrer per la casa.

Vaig trobar la mare morta i feta trossos.

La meva germana era al pati del darrere amb tres zombis més encara mossegant-la.

Ella sempre va ser una puta.

Em vaig encarregar de cadascun sense prejudicis extrems.

Va ser més fàcil del que podria semblar.

Amb el menjar davant seu, la meva germana, els zombis tenen la intenció de menjar.

No els importa gaire si algú més s'uneix al festival.

No els importa si hi ha més esmorzar gratuït a prop.

L'únic que els importa és arribar a les llaminadures de l'interior.

Després que el cor, els pulmons i els òrgans desapareixen, comencen els problemes.

Després es posen drets i busquen més.

El pitjor és la rapidesa amb què poden menjar.

Poden travessar un humà més ràpid que, bé, no sé què.

Després de matar l'últim dels zombis que s'estava menjant la meva germana, vaig mirar el que en quedava.

No va ser bonic.

Hi havia trossos de pulmó i la majoria dels seus intestins.

Aparentment, als zombis no els agrada menjar merda.

Realment, qui els pot culpar?

Nancy Williams és la sexy envanida que viu al costat de casa meva.

Hi ha un jardí que separa les nostres cases.

Em vaig aturar el temps suficient per posar-me les sabatilles i vaig córrer cap a casa.

Potser arribés massa tard, no ho sabia, però ho havia d'intentar.

Nancy podria ser una gossa envanida, però no mereixia morir a mans i boca d'un zombi.

No va anar bé.

Mentre corria vaig poder veure que els seus llums exteriors estaven encesos.

Els llums funcionen com un detector de moviment.

A mesura que m'acostava vaig poder veure per què estaven encesos.

Tres dels no morts eren al jardí davanter i fent tombs cap a la seva porta.

Vaig veure com el primer corria cap a la porta abans que pogués arribar.

Com un idiota, el pare de Nancy va obrir la porta i ell va ser el primer a morir.

Això em va donar l'oportunitat d'eliminar els tres zombis que van caure sobre el paio per ser el sopar.

Com vaig dir, quan estan menjant, els morts vivents ignoren tota la resta.

El pare de Nancy semblava una despulla.

Vaig saltar sobre el seu cos i vaig trucar a Nancy.

En canvi, em va caure la sort que sortís la mare de Nancy.

"Què vas fer al meu marit?" ella va cridar i em va llançar un llum.

Un fotut llum!

La vaig colpejar amb Excalibur.

Tot aquell beisbol que havia jugat de petit també va servir d'alguna cosa.

"Senyora Williams! Zombis!" Vaig intentar explicar.

Ella em va llançar una mirada salvatge i va córrer cap a les restes del seu marit. Mala idea.

Peter Williams va ser prou dolent per morir i tornar.

Va agafar la seva dona i va començar a menjar.

Aquests són els crits que encara avui em mantenen despert algunes nits.

Fins i tot si no és la senyora. Williams, quan escolto crits a la distància, sempre substitueixo els seus crits pels quals vaig sentir aquell dia.

Ser menjat viu fa mal.

He tingut molt de temps per resoldre el misteri.

Si et mosseguen, et converteixes.

No importa on et mosseguin, només que ho facin.

Cal evitar ser un mos.

I no em preguntis per què, però tenir budells de zombis o sang en tu oa la teva boca no ho farà.

Si la mossegada és fatal (el Sr. Williams va ser mossegat primer a la jugular) i altres zombis no et fan trossos, pots convertir-te bastant ràpid.

Tan aviat com moris, suposo.

Si es tracta d'una mossegada no mortal, el verí triga un temps a fer la feina.

Encara mors i et converteixes en un dels no morts, però pot fer algunes hores o fins i tot dies.

Aleshores, per això, després d'un temps, comences a matar els acabats de mossegar amb tanta impunitat com li dónes a aquestes coses ja convertides.

Per què no?

Només causaran problemes tard o d'hora.

No en faig gaire, però ho faig.

La senyora Williams seguia cridant mentre era assassinada sagnantment (a la descripció més precisa que puc donar) quan Nancy va entrar corrent a l'habitació.

Estava confosa i espantada.

Ella va veure el que el seu pare feia a la seva mare.

"Fes alguna cosa!" ella em va cridar.

Jo ja hi era.

Vaig fer un gir de l'espasa al capdavant del senyor Williams i el vaig decapitar.

Esquinçada i destrossada, però gairebé sense haver estat menjar, la mare de Nancy es va tornar ràpidament.

Ella em va grunyir i això va ser tot el que necessitava.

En un moment estava sense el cap.

"Sant cel!" Nancy va dir.

"Sí. Zombis", li vaig explicar.

"No merda", va dir ella.

Portava una samarreta ajustada i pantalons curts de cotó.

Semblava ardent com l'infern.

Ella no duia suport.

Els mugrons estaven durs com l'infern.

És curiós com puc recordar tot això com si hagués passat ahir.

"Hi ha més?"

"Tres morts més al front", vaig dir.

Vaig fer el millor que vaig poder per apartar les restes dels pares i tancar la porta.

La televisió estava encesa a la sala d'estar i els locutors havien entrat a la programació amb notícies d'última hora.

La merda era real i estava succeint a tot arreu.

Ningú no sabia per què.

Ningú no sabia si hi havia una zona zero.

A ningú no li importava.

Nancy i jo vam anar cap al sofà i mirem la pantalla amb sorpresa.

"Gràcies per salvar-me la vida", va dir després que la realitat dels nous temps s'hi assentís.

"No hi ha cap problema", vaig dir.

"Per què jo?"

"Perquè ets bonica", li vaig dir.

Era la veritat i estava massa espantat per mentir.

"Gràcies", va dir i seguim veient la televisió.

No recordo quan va passar, però després d'un temps, Nancy em va suggerir que em donés una dutxa i em rentés la sang.

Ho vaig fer.

Em va donar una mica de roba del seu pare perquè me la posés.

No m'encaixava gaire bé.

No m'importo.

Podria anar-me'n a casa a buscar roba.

Després em va portar a la seva cambra.

"No vull morir verge", va dir i em va fer un petó temptatiu.

"Ets verge?" Jo vaig preguntar.

Tenint en compte que els morts tornaven a la vida i es menjaven els vius, probablement era un petit detall, però així i tot em va sorprendre.

"Sí, tu no?"

"Fotre, no", li vaig dir.

"Merda."

"Parlo de debò", vaig insistir.

Ella va posar la mà sobre el maluc i em va donar aquella mirada clàssica i pervertida que afortunadament acaba després de la secundària.

"Qui?" va exigir.

"Katty Walker? Andy Muller?"

"No, en realitat primer ho vaig fer amb Vicky Flowers, però alguna cosa vaig fer també amb les altres dues. I elles van ser divertides. Les estrany".

"Per què no vas salvar una d'elles?"

"Estaves més a prop".

"No puc creure que sigui verge i tu no", va dir.

"Només vol dir que sé el que estic fent", vaig suggerir.

"Si no morim i li comptes això a algú, et mataré".

Vaig posar Excalibur al costat de la porta de la seva habitació, on podia prendre fàcilment.

Aleshores la vaig besar.

No vaig jugar a besar-la, vull dir, la vaig besar.

A la merda.

Jo era l'heroi.

Havia vist prou pel·lícules.

La besava com un heroi.

Vaig pressionar els meus llavis contra els d'ella i vaig empènyer la meva llengua dins la boca.

Nancy va gemegar de sorpresa abans de fondre's contra mi.

Després es va apartar i es va treure la samarreta.

Jo tenia raó.

No portava sosteniment, tenia grans mugrons i els seus pits estaven perfectes, servits per a mi com un tros de pastís a cada costat.

Suposo que és salaç de part meva entrar en detalls sobre el que va passar després, però a la merda.

Fins aquell moment a la meva vida, Nancy va ser el deu perfecte per a mi.

Ella era la noia sexy que tot noi feia servir en les seves fantasies.

Em vaig treure la roba del seu pare (esgarrifós, ho sé) i li vaig permetre veure la meva polla dura.

"No sé què fer", va dir.

"Treu-te els pantalons curts i jo m'encarregaré de la resta", li vaig dir. "Has vist una polla dura abans, oi?"

"En pel·lícules i altres coses".

"Prou bo. Llavors saps que se suposa que has de xuclar-la primer, oi?"

"Tinc que?"

"No, pots morir verge", vaig dir i vaig fer com si anés a vestir-me.

"Espera, així?" ella va preguntar.

Va embolicar els seus bonics llavis carnosos al meu voltant i va començar a xuclar.

Ella no era gaire bona en això.

Ella no era tan bona com Andy Muller .

Ara aquesta gossa podria xuclar una maleïda polla!

Però no importava, en realitat no.

No entraria a la boca de Nancy.

Només volia veure la seva cara embolicada al voltant de la meva polla.

Va ser un record del meu germà que ella no sabia.

Va ser un agraïment a totes les vegades que un de nosaltres, el germà, li havia dit a l'altre: L'únic que la faria semblar més bonica seria veure-la embolicada al voltant de la meva polla.

Mentre ella xarrupava, em vaig trobar esperant que el meu germà estigués bé.

"Ho estic fent bé?" ella va preguntar.

"Prou bé", li vaig dir.

Estava llest per follar.

Que et fotin.

A la merda tot.

"Per què no puges al llit?"

Nancy va pujar al llit, es va tombar de cara amunt i em va mirar pensativa.

"Em farà mal?"

"Potser", vaig dir i em vaig col·locar entre les cames per primera vegada.

Vicky havia estat la primera.

Abans de fer-ho, havíem llegit sobre com fer-ho.

És el que fan els nerds, suposo.

Sabia per la nostra lectura que algunes noies, aquelles amb un himen intacte, podrien sentir un dolor agut quan es trencava.

Podria haver-hi una mica de sang.

A partir d'aquí seria una navegació tranquil·la.

Així va ser amb Vicky i Andy.

Així no va passar amb Nancy.

Em vaig lliscar dins d'ella sense cap problema.

"Estàs segura que ets verge?"

Bé, en retrospectiva, això no era el més adequat de dir en el moment que entres en una noia que et diu que és verge.

"Maleït bastard! Treu-te de sobre!" ella va cridar, sacsejant-se contra mi.

Me'n vaig sortir.

"A quina merda et refereixes?"

"Només dic que les altres noies..."

"A la merda amb aquestes putes", va dir i després va començar a plorar.

Perfecte, vaig pensar.

Com si un Apocalipsi zombi no fos suficient, havia de bregar amb una mocosa malcriada que plorava.

"Ho sento", vaig dir i em vaig baixar del seu llit.

"A on vas?"

"No ho sé. ¿A casa? ¿A matar més zombis? No ho sé".

"Però vaig pensar que ho faríem, ja saps..." Ella encara estava sanglotant.

"Ho acabem de fer. Això és tot el que cal, un cop. Felicitats, ara ja no ets verge".

"Però Julian va dir que no comptava tret que tingués un orgasme".

"Julian ? Julian Walker?" Jo vaig preguntar.

Ella va assentir.

Sabia qui era Julian Walker.

Ell era el jugador estrella al nostre equip de futbol de l'escola secundària i era el seu xicot.

"Tu i Julian foten?"

"Fem aquesta part, però Julian va dir que encara era verge perquè no vaig tenir un orgasme".

"Alguna vegada has tingut un orgasme?"

Ella es va posar vermell i va assentir.

"Quan ho faig jo mateixa".

"Amb els teus dits".

"¡Eh, no! Ús la meva joguina. No m'hi tocaré".

"Puc veure la teva joguina?"

"No", va dir ella.

"Està bé", em vaig arronsar les espatlles.

Vaig recollir els pantalons grans del seu pare.

M'havia de posar una mica de tornada a casa meva.

"Espera, aquí està", va dir i va treure un enorme vibrador de goma del seu calaix de la tauleta de nit.

"Uses això en tu mateixa?" Vaig preguntar, atònit.

Ella va assentir.

"Dins o fora?"

"Totes dues. M'agrada per dins, molt profund. Això és dolent, ¿oi? Julian va dir que per això era tan gran allà baix".

Estava confós per un moment.

No havia estat dins d'ella durant molt de temps, però estava lluny de ser massa gran.

Ella es va sentir atapeïda.

Sabia que l'estretor no tenia res a veure amb la virginitat, per la qual cosa només en quedava una resposta.

"Puc fer-te una pregunta? De qui és més gran, la meva o la de Julian ?"

La vaig enfrontar amb la meva polla encara dura davant seu.

"La de Julian és la meitat d'aquesta mida. Ets negre?"

"Què?"

" Julian va dir que els únics tipus amb polla més gran que ell eren negres".

"¿Nancy? Julian t'estava mentint. La tinc més gran que la mitjana, però no sóc un fenomen de la naturalesa".

" Julian va dir que tots els nois del porno eren en part negres".

" Julian és un maleït mentider", vaig riure i em vaig preguntar de quantes altres maneres podria ser presa per ximple.

Vaig pensar a prendre'm el temps per explicar-ho, deixar les coses clares amb ella, però em va semblar massa feina.

"Mira, està bé. Julian és un bastard mentider amb una petita polla i tornaré a casa meva per una mica de roba que em quedi bé. Si vols venir, et follaré al meu llit".

Ella ho va fer i jo li ho vaig fer i suposo que va perdre la seva virginitat quan es va córrer mentre jo encara hi era.

No ho sé, són nits com aquesta en què més penso a Nancy.

Ella mai no va perdre la seva manera gossa , però segueixo pensant que va ser trist que m'hagués d'encarregar l'endemà.

Anàvem de casa a casa al veïnat per veure qui quedava.

Nancy no va voler escoltar-me que tingués cura.

Ella va córrer a la casa del seu xicot i ell la va mossegar.

Oh bé, això passa. Els vaig treure el cap a tots dos.

Primer el seu xicot i després, després que ella es va convertir, a Nancy.

Però així va ser com vaig conèixer Cristy Walker, la germana una mica més gran del nuvi de Nancy.

Cristy s'havia amagat a la seva habitació amb la porta tancada contra el seu germà.

Va sentir veus, matant i finalment jo dient adéu a Nancy.

"Hola?" va cridar des de la seva habitació. "Qui està parlant?"

"Sóc jo", li vaig respondre, presentant-me. "És segur ara."

"Hi ha zombis", va cridar.

"Ho sé."

"Tu, ja saps com fer-ho? Els vas matar?"

"Estan morts de nou", vaig prometre.

"Realment necessito orinar", va dir, va obrir la porta i va córrer pel passadís cap al bany.

Ella no va tancar la porta del bany.

Jo no vaig mirar.

Es va sentir groller.

"Qui ets una altra vegada?"

"Visc al bloc de baix".

"Ets el tipus estrany que talla síndries amb una espasa?"

"Si aquest sóc jo."

Cristy es va posar vermell i va tornar al passadís.

Portava calces i una samarreta.

Ella va veure cames del seu germà i Nancy.

La resta estaven dins de l'altra habitació.

Cristy em va abraçar i em va fer un petó enorme.

"Gràcies", va dir ella.

Suposo que estava mirant els seus pits pel que va dir a continuació.

"Mantin-me fora de perill i aquestes són teves", va dir i va besar la meva galta. "Aquestes i totes les altres parts de mi".

Com he dit, no hi ha res com l'apocalipsi zombi per lligar amb noies.

FI

www.ingramcontent.com/pod-product-compliance
Lightning Source LLC
Chambersburg PA
CBHW031433130726
47989CB00003B/1126